# 我慢ばかりの「お姉様」をやめさせていただきます！
## ～婚約破棄されましたが国を守っていたのは私です。
## お陰様で追放先で村づくりを謳歌しているのでお構いなく～

瑞希ちこ

# 目次

CHARACTER
アナ
魔物使い＆大聖女
アナスタシア・エイメス
前世は日本人OLの転生者。母は偉大なる大聖女。妹に裏切られ「終末の村」へ追放される。魔物使い＆上級ランク聖女というチートの持ち主。
アナの相棒
クロマル
終末の村で殺されかけていたところをアナに助けられたブラックウルフ。それ以降アナの相棒に。

# 我慢ばかりの「お姉様」をやめさせていただきます!

〜婚約破棄されましたが国を守っていたのは私です。
お陰様で追放先で村づくりを謳歌しているのでお構いなく〜

辺境の一般騎士…?
**ユーイン**

アナの護衛として急接近。
魔物嫌いだったが、アナとの
出会いで心境にも変化が。
騎士と名乗るが実は…!?

何でも欲しがる妹
**アンジェリカ・エイメス**

アナの二卵性の妹。聖女の力を
受け継いでいると言われ
ちやほやされていたが、実際は
かなり下級クラス。王族の婚約者に
なったアナのことが気に食わず
奪い取る。

アナの元婚約者
**オスカー・ウィンベリー**

国の第三王子。
表では誰にでも優しく社交的だが
頭は悪く、成り上がり精神強め。
アナと婚約していたが
聖女の力がないことを知り妹の
アンジェリカに乗り換える。

追放魔法使い
**ロビン**

魔法の腕はたしかだが、
可愛い子の前でしかその力を
発揮しない。アナと出会い
魔力を復活させる。

追放薬師
**ジェシカ**

終末の村の村人。
アナスタシアと
最初に友達になった。
新しい薬を開発するのが夢。

追放大工
**ギー**

元々は大工だったが追放される。
利き腕に怪我を負い絶望したが、
アナに助けられる。
村の建物修復担当。

## 1　プロローグ

『アナスタシア。明日、君にとても大事な話があるんだ』

それはつい数時間前のこと。三年間寄り添ってきた婚約者に言われた言葉だ。

改まってなんだろう……と思いつつ、その場では『わかりました』と頷いた。

帰ってそのことを両親に伝えてみる。すると、ふたりは突然目を大きく輝かせ、前のめり気味に私の肩を掴《つか》んできた。右肩にはお父様の逞《たくま》しく大きな手のひらが、左肩にはお母様の白くて小さな手のひらが触れる。全然違う手をしているのに、どちらも指先にこもる力はとても強い。少し痛いくらいだ。

「アナ、それって……プロポーズじゃないのか⁉」

「……プロポーズ⁉」

お父様の言うことがすぐに理解できず素《す》っ頓狂《とんきょう》な声をあげると、今度はお母様が言う。

「オスカー様との結婚が、正式に決まるってことよ！」

「……オスカー様と、結婚？」

二度目のオウム返し。だが、今回は言葉の意味を理解している。その証拠に――ものすごく顔が熱いもの！

婚約者のオスカー・ウィンベリー様は、私たちの暮らすプルムス王国の第三王子。国が誇るウィンベリー王家三兄弟の中で最も外見がかっこよく、性格もいい意味で親しみやすさのある優しい心の持ち主。長男に代々王位を継がせている王家の中で、最も王位から遠い立場であるものの、その人気は絶大だった。

オスカー様の、金色の艶のある髪と、太陽みたいなオレンジの瞳はいつもキラキラ輝いていて、見た目も中身も、私とは正反対の人。

……そんな素敵な人の婚約者に選ばれるだけでも夢のような話だったのに。結婚だなんて。まだそうと決まったわけではないのに、両親からの期待を一身に受けたせいか、私までなんだか気分が高揚してしまっている。

「わぁ！　ついに結婚なの!?」

部屋の奥から妹の声が聞こえて、そんな夢心地気分から一瞬にして我に返る。

「明日がとっても楽しみね！　お姉様！」

言いながらずかずかと私の元まで歩み寄ってくるアンジェリカ・エイメス。彼女は私の双子の妹だ。だけど、こうして近くで見るたびに思う。二卵性とはいえ……本当に私たちは似ていない、と。

ストレートで真っ黒な髪の私と違って、アンジェリカはウェーブがかったピンク色の可愛らしい髪。共通点は、ロングヘアというところくらいだろうか。

瞳の色も私が平凡な赤茶色なのに対して、アンジェリカは眩《まぶ》しくて綺麗《きれい》な金色……誰がどう見ても、アンジェリカの方が華があると言うだろう。

性格も、アンジェリカは女の子らしく常にハッピーな雰囲気。私は大人しく控えめで……例を挙げれば挙げるほど、私たちが本当に双子なのかわからなくなってくる。

「ちょっとお姉様、聞いてる？　それとも、オスカー様との結婚が嬉《うれ》しくないの？」

「えっ？　そういうわけじゃあ……で、でも、まだわからないわ。全然違う話かもしれないし」

「オスカー様がわざわざ事前に知らせてまで話したいことだもの。きっとお姉様の期待を裏切らない話に決まってるわ！」

両親が離れたかと思えば今度はアンジェリカに胸の前で両手をぎゅうっと握られる。お互いの手首には、以前アンジェリカが誕生日にくれたお揃《そろ》いのブレスレットがキラキラと輝きを放っていた。

「明日は目いっぱいおしゃれをして、オスカー様に会いにいきましょうよっ！　ね？　お姉様」

アンジェリカはその光のように眩しい笑顔を浮かべて言うと、今度は私の腕に絡みついて身体をぴたりとくっ付けてくる。

「あぁ！　明日が待ちきれないわ！」

肩にもたれかかりながら、アンジェリカは楽しそうに笑った。その姿は、オスカー様の話を私より楽しみにしているようにも見えた。

次の日。屋敷の廊下は朝から、バタバタと忙《せわ》しない音が鳴り響いている。みんな、今日が私とこのエイメス伯爵家の未来を決める大事な日だと思っている。だからなのか、私の準備はそれはもう入念なものだった。

身体を隅々まで時間をかけて洗われ、髪の毛をこれでもかというほど梳《と》かし、ドレスも急《きゅう》遽《きょ》用意された新しいものを着せられる。私だけがこんなにしてもらっていいのだろうかとアンジェリカのことを気にしていると、アンジェリカは「今日はお姉様が主役なんだから！」と、昨日と同じように楽しげな笑顔を見せた。

私はそれを見てほっとする。いつもだったら、アンジェリカは自分より私が目立つことをものすごく嫌うからだ。私もそれをわかっているから、自然とアンジェリカに遠慮するようになっていた。

「あ、このアクセサリーやドレスは使わないの？　だったら私が着てみてもいい？　お姉様を見ていたら、私もおしゃれをしたくなっちゃったわ」

アンジェリカはいくつか用意されていたものの、結果使われなかったネックレスやイヤリング、そしてドレスを眺めながら言う。

「ええ。どうぞ」

せっかく準備してもらったのに使われないのももったいないと思い、私は快くその申し出を受け入れた。アンジェリカが個人的に楽しむ分には、なんの問題もないだろう。

そうこうしているうちに、そろそろ出発の時間となった。馬車に乗り王宮へ行く私を、両親や使用人たちが見送りにきてくれる。しかし、そこにアンジェリカの姿がないことに気づいた。

お母様に聞くと、先にどこかへ出かけたと言う。……きっと、新しいドレスを着た自分を人前で披露したいのだろう。個人で楽しむだけで終われるような妹じゃないことに今さら気づき、私は苦笑する。一応私のものなのだけど、アンジェリカにとっては身に着けた時点で、もう自分のものという認識なのかもしれない。

まぁ、王宮についてこられるよりはいいか。私がどんなに着飾ったところで、アンジェリカに勝てる気がしないもの。オスカー様の視線をアンジェリカに奪われたら、さすがに複雑だわ。

馬車に揺られて数十分も経てば、王宮が見えてきた。ここには昨日来たばかりなのに、どうしてか昨日よりも大きく見える。オスカー様のところへ案内されながら、私の心臓はドキドキしっぱなしだ。

「オスカー様。アナスタシア様をお連れいたしました」

「ああ。ごくろう」

連れてこられた先は、王宮の客室だった。オスカー様は従者に下がるよう合図すると、その場には私とオスカー様のふたりきりになった。

相変わらず、オスカー様は美しい。気合を入れている私と違い、いつも通りの正装なのに。

こうしているとなんだか私だけ頑張りすぎな気もして、ちょっと恥ずかしい。

「アナスタシア。……今日はいつもと雰囲気が違うな」

「えっ？　ええ。オスカー様のところへ行くと言ったら、屋敷のみんなが一緒に準備をしてくれて……」

じぃっとこちらを見つめると、オスカー様はふっと笑った。それは優しく微笑むわけでも、準備をした私を見て喜んでいる笑顔でもない。どちらかというと……馬鹿にしているような、そんな笑い方。

「あ、あの、お話っていうのは」

なんだかとっても嫌な予感がしたが、私はそれをただの勘違いだと思いたくて、すぐ本題に移ってしまった。オスカー様からの話が私にとっていい話だという、確信を得たかったのだ。込み上げてくるもやもやとした気持ちを、オスカー様から投げかけられる言葉で拭い去りたい。

「もう言っていいのか？　最後に僕と世間話をする時間くらいは設けてやろうと思っていたんだが」

「……さい、ご？」

しかし、私の期待する言葉は得られなかった。それどころか、嫌な予感の方が的中していることを確信する。

「僕はこの瞬間をもって、アナスタシア・エイメスとの婚約を破棄させてもらう。そして――

王都に魔物を連れ込んでいた罪で、君を国外追放に処す」

「……はい？」

意味がわからなかった。いや、今もわかっていない。

婚約破棄？　正式な結婚の申し込みでなく、破棄……？　それだけでなく……国外追放？

誰が？　え、私が？

「ちょ、ちょっとお待ちくださいオスカー様。仰っている意味がよくわからないのですが」

くらりとした眩暈《めまい》が私を襲う。頭で理解しようとしても、突然のことすぎて追いつかない。

「そのままの意味だ。僕と君の婚約破棄。そして君はこれから、遠く離れた場所で罪を償う」

「……なんの罪を？」

「何度も言わせるな。とぼけてなかったことにでもする気か？　無駄だ。目撃者がいる。君が凶悪な魔物たちを、王都に放とうとしているところをたしかに見たと言う者がな」

魔物というのは、人間にとって危険な存在。その魔物を私がわざわざ王都へ放つ意味などない。そんなことをしたら極刑が下されることなど、私だって知っている。

「ごめんなさい。お姉様」

オスカー様の後方から、聞き慣れた可愛らしい声が聞こえた。

「……アンジェリカ」

アンジェリカはオスカー様の後ろからひょっこり顔を出すと、そのままオスカー様の腕に

ぴったり絡みつく。昨日の夜、私にしたように。

親密なふたりの距離感。……このふたりがこうやって寄り添うのは、今回が初めてのことではないのだと、馬鹿な私でもわかる。

──ああ。そうか。そういうこと。

しっかり新しいドレスを着て、私より先に屋敷を出て王宮へ来ている。そして今、私の前でオスカー様の隣に立っている。その光景を見ただけで、さっきまで理解不能だった話が急にすっと頭に入ってきた。

「黙っていようと思ったのだけど……国が危険に曝《さら》されるのはどうしても我慢できなくて。だけどお姉様ったらひどいわ。せっかく私が聖女の力で魔物を森の中に留めているのに、それを邪魔しようとするなんて」

「本当にひどい話だ。アナスタシア。君は最高位ランクの聖女の血を引いた出来のいい妹を妬《ねた》み、アンジェリカが結界を強化したばかりの森近くにわざと魔物を出現させ、結界が破られたことにしようとしたみたいだな」

なるほど。アンジェリカはそういうシナリオを作り上げたということね。……自分になくて私にあった唯一の存在、〝婚約者〟を奪うために妹は──。

「そうまでして、アンジェリカを陥《おとしい》れたかったのか！　……自分の聖女の力が成長しないからといって妹の邪魔をするなど、最低な行いだ！」

私を陥れたんだ。しかし、私の言うことなど信じてもらえないだろう。見ていたらわかる。オスカー様はもう、私のことなどどうとも思っていない。アンジェリカを見つめる瞳と私を見る瞳に、はっきりとその差が出てしまっている。彼はもう、私の味方にはならない。

「私は……そんなこと……」

震える声でなんとか否定してみるも、突き刺さる冷たい視線に耐えられず言葉が詰まる。

絶望。悲しみ。怒り。こんなに感情がぐちゃぐちゃになっているにもかかわらず、それをうまく表に出せない自分が嫌になる。私は昔からそうだ。感情を出すのが苦手で、だからいつも、無愛想だと言われて感情表現豊かな妹と比べられてきた。本当はそのたびに悲しかったのに、やはりそれすらも自分の中にしまい込んで、当然誰にも気づいてもらえなかった。

無言で立ち尽くしている私に、アンジェリカが近づいてくる。そして私の目の前で足を止めると、彼女はにっこりと笑って私の耳元に桜色の唇を寄せた。

「私のお姉様なんだから……可愛い妹のためにこの結果を黙って受け入れて？」

そう言うアンジェリカの手首に、お揃いのブレスレットはもう着けられていなかった。

## 2　役立たずの聖女

『我慢しなさい。あなたはお姉ちゃんなんだから』

――久しぶりに思い出した。前世で散々言われたこの言葉を。

今世ではファンタジーな世界の伯爵令嬢アナスタシア・エイメスとして生きている。そんな私は、前世では聖女も魔物もいない日本で暮らす平凡なひとりの女だった。そう、私は前世の記憶を引き継いだまま、この世界に転生した。

……別に前世の記憶などなくていいのに。そう思うのは、あまりいい思い出がないからだろう。

シングルマザーの母はほとんど家におらず、もうひとりの家族である妹はいつも遊びほうけておりなにもしない。私は幼い頃から妹のために家事をこなし、高校を出たら行きたかった大学を諦めて就職した。その頃には母はよそに男を作っており、僅《わず》かなお金を家に置きに月に一度帰ってくるだけ。こちらは恋愛する暇さえないというのに、母も妹も、恋だの愛だのをきちんと楽しんでいた。

……唯一の癒しといえば、飼い犬の黒丸《くろまる》との時間くらい。尻尾を振って私のところに駆け付けてきて、触れればいつも温かい。種族も違い当たり前に血も繋《つな》がっていないけど、私は黒丸こそがたったひとりの家族だと思っていた。

そんな大好きな黒丸も、私が二十八歳を迎えてすぐ、病気で亡くなってしまった。それに続くように――私も交通事故に遭い、わけもわからないまま死んだ。次に目が覚めると私は別世界の別の人間……そう、大聖女として名を馳《は》せた母、アリシアから生まれた双子の〝姉〟アナスタシアとして生まれ変わっていた。

貴族。有名な母。優しくそれなりの地位を築いている父。可愛らしい妹。

家でひとりにされることもなければ、働かされることもない。生きるのに必要な環境は充分すぎるほど整っており、前世とは比べものにならない。

ここに黒丸がいてくれたなら、どれだけ幸せだったろうとは思うが、今世では前世より人生を楽しめるかもしれない。そう思っていた。

しかし今世でも、私は様々な理由で不遇な扱いを受けることとなる。

まず、私だけ家族と見た目が似ていないこと。双子のアンジェリカと顔立ちと体格こそ多少似ているものの、髪の色も目の色もまるで違う。

アンジェリカはお母様と同じ薄桃色の髪に、お父様と同じ金色の瞳をしているのに、私の髪と目は両親どちらとも違う。そのせいか、両親は幼い頃からずっと無意識であっても、アンジェリカの方を可愛がっているように思えた。

そしてもうひとつ――私がなかなか聖女の力を開花させなかったこと。

私のお母様であるアリシア・エイメスは、偉大なる聖女だった。国に大きく貢献し、世界基準で見てもレベルの高い聖女だけに与えられる〝大聖女〟の称号をもらっていたほどだ。

聖女は人々の傷を癒したり、魔物を封じる結界を張ったりできる特殊魔力を身に宿した者のことを指す。その力は通常十六歳までに開花し、年齢を重ねると共に次第に減衰して、そのうち完全になくなってしまう。

聖女の力のピークは大体十五歳から二十五歳までともいわれているが、個人差がある。そして逆にいえば、十六歳までに聖女の力が開花しない者が、聖女になれることは一生ない。

聖女という存在は国にとって必要不可欠であり、世界で見ても重要な役職。だからこそ、レベルの高い聖女になることができればそれなりの好待遇が約束される。しかし聖女の力は八割が遺伝と言われており、元々身分の高い貴族の娘に発現することが多かった。聖女たちはみんな力をなくす前に、できるだけ身分の高い家の令息と結婚し、世継ぎを生んで聖女の血を絶やさないようにするのが暗黙のルールであり、結婚相手の身分の高さが自身の聖女としてのステータスでもあったという。

お母様はひとりで広範囲に結界を張ることができ、傷を癒す魔法もほかの聖女より強大だった。嫁ぎ先は引く手あまたであったが、ちょうどそのとき王家や公爵家の男性たちは皆既に結婚していたり、子供が生まれたばかりだったりと、いい相手がいなかった。そのため、当時いちばん勢いのあったエイメス伯爵家を嫁ぎ先に決めたようだ。本当に運がよかったと、お父様がお酒に酔っぱらいながらこの話をしてくれたことを思い出す。

……話が逸《そ》れてしまったが、とにかく私のお母様は聖女としてすごい人だったため、もちろん子供である私やアンジェリカへの周囲の期待はすごかった。私は嫌なプレッシャーを抱えながら日々を過ごしていた。

そして十二歳になってすぐ、アンジェリカが聖女の力を開花させた。アンジェリカの持つ聖女の魔力――いわゆる聖女の光はとても眩しく輝いていて、みんな歓声に沸いた。お母様が聖女の力に目覚めたのも十二歳であったのと、その少し前に、ついにお母様の聖女の力がなくなってしまったことから、〝アリシアの能力を受け継いだのはアンジェリカ〟と屋敷の人々は口を揃えて言っていた。

アンジェリカはお母様の娘ということと、幼いながらに結界を広範囲に張って王都の森を守ったことで、世間から「次の大聖女はアンジェリカ」と言われていた。

妹ばかりが注目され、可愛がられる日々。誰も私のことなど見ていない。あんなにプレッシャーに感じていた期待も、まったくされなくなると少し寂しく感じた。私は姉として、アンジェリカの聖女としての成長をサポートする役目を与えられ、アンジェリカが神殿に勉強へ行ったり、森の結界がまだ破られていないか確認しに行ったりする際は、付き添いとしてついて行かされた。

私は今世でも、妹のお世話をして一生を終えるんだろうな。幼くして覚悟を決めた――が、そんな私に転機が訪れる。

十六歳の誕生日当日。私も聖女の力を開花させたのだ。ものすごくギリギリな目覚めであったが、私の持つ光はアンジェリカと同じくらい大きくまばゆいものだった。

私のことは完全に諦めていたはずの両親も、声をあげて喜んでくれた。私は喜びよりも安心感の方が大きく、これでなんとかこの屋敷で自分の居場所を確立できたと、ほっと胸を撫《な》でおろした。

聖女になれただけでも奇跡だったのに、奇跡は続いた。私が聖女になってほどなくして、第三王子であるオスカー様との婚約話が浮上したのだ。ウィンベリー王家の中で唯一、特定の相手がまだ決まっていなかったオスカー様は、全聖女……いや、国の女性たちみんなが結婚したいと思う憧れの存在。

しかも、ウィンベリー王家は年功序列で王位継承権を決めない家系だった。オスカー様は第三王子であるにもかかわらず、誰よりも王都の国民と親交を持ち、ふたりの兄よりも圧倒的な支持を得ていた。国王様がふたりの兄を一旦近隣国に留学させたことから、オスカー様が王位を継ぐのがほぼ確定したのではないかと噂《うわさ》されていた。

最初は相手は当然アンジェリカだと思っていたが、先方が私を指名していると聞いたときは驚いて固まった。もちろん私が〝大聖女アリシアの娘〟だから、王家がその力に期待してこの話を持ちかけてきたことは理解している。でも、それならば先に開花したアンジェリカの方がよかったのでは……？　何度もそう思ったが、結局、私とオスカー様の婚約はその後正式に決まった。アンジェリカも祝ってくれていた……ように見えた。

優しくかっこよく、完璧なオスカー様に愛されながら、私は幸せな日々を過ごしていた。これまでの不遇を忘れるくらい、それはもう穏やかな心を保つことができた。誰かに愛されることも、誰かを愛することも、なんて素敵なんだろう。

十七歳の誕生日には、珍しくアンジェリカがプレゼントを用意してくれた。お揃いのブレスレットだ。王都の宝石店で買ったらしい。互いの髪色であるピンクと黒の天然石があしらわれたブレスレットを嬉しそうに腕に着けたアンジェリカを見て、私まで笑みがこぼれた。妹は心から、私の幸せを願ってくれているんだと……このとき、やっとそう思えたのに。

あれから一年。私は聖女の力が突然不安定になり、思うように聖女としての仕事ができなくなってしまった。原因は不明。しかし僅かに残る力で、自分なりに再起できるよう頑張ってきた。それをオスカー様も温かく見守ってくれていたと信じていたが……彼は知らぬ間に、アンジェリカの毒牙にかかっていた。

「聞いているのかアナスタシア！」

オスカー様の怒声が聞こえて、はっと現実に引き戻される。アンジェリカは私から離れると、すぐさま見せ付けるようにオスカー様に寄り添った。

「アンジェリカに謝罪の言葉はないのか?」

なおも私を責め立てるオスカー様を見て、私は自分の心がどんどん冷たくなっていくのを感じた。

……謝罪をすれば、事態が好転する? いいや、そんなことは絶対ない。今謝ってしまえば、私は罪を認めたことになる。

「……はぁ。もういい。君には心底呆《あき》れたよ」

無言を貫く私を見て、オスカー様は大きなため息を吐《つ》いた。……心底呆れたのは、こちらも同じであると知らずに。

呆然《ぼうぜん》と立ち尽くす私を、両側から兵士とおぼしき人たちが捕らえる。どうやら私は国を脅かす危険人物として牢へ入れられるみたいだ。

「君の処分については明日にでも追ってエイメス伯爵家に通達する」

オスカー様の瞳は最後まで冷たく——アンジェリカの瞳は、最後の最後に私を嘲笑《あざわら》うかのように細められた。

現在、国王様は体調が悪く、ほとんどの執務がオスカー様に任せられている。オスカー様が私を追放すると言えば、それはもう決定事項同然。

そのまま地下牢に放り込まれ、私は固くてひんやりとした床の上で、見張りを付けられながら長い一日を過ごしていった。両親が助けてくれるのではないかと思ったが、アンジェリカの作り話を真に受けたようで、あっさりと私はエイメス伯爵家から勘当された。

牢へ入れられて一週間後。ぼろぼろの身体で横たわる私の前に、オスカー様が現れた。ぼうっと彼を見上げると、まるで汚いものでも見るかのような視線を向けられる。

「明日、君の処分が下されることになった。……喜べ。国外追放は免れたぞ」

その言葉を聞いて、ぴくりと私の身体が反応する。

「代わりの追放先は、王都から離れた国境近くにあるが、地図にはない村だ。だがプルムス王国の領地であることには変わりない。だからお前は、かろうじてプルムスの国民のままでいられる。よかったな」

——地図にない村？　それって……〝終末の村〟のことだろうか。

プルムス王国は自然豊かな小国で、王都とその近くにある繁華街、そこから山を越えた先に庶民の暮らす田舎町でできている。しかし実は、もうひとつ、隠された村が存在すると聞いたことがある。悪事を働いたり、貧しくてどこにも行けなくなったりした者たちが最終的に追いやられる場所があると。

その場所は森に囲まれており、当然結界など張られておらず、魔物が昼夜問わずうじゃうじゃと湧いてくる。通称、終末の村。国外追放された方がマシだと思えるくらい、悲惨な場所。

一度罪が軽くなったと期待させておいて、すぐさま地獄へ叩《たた》き落とす。趣味の悪い演出だ。

「アナスタシア。そこで君は自分の罪と一生向き合い、償い続けるんだ」

そう言って、オスカー様は薄暗い地下室をあとにした。

明日ってことは、ここで過ごすのももう最後。そう思うと……今日はなんだか、ひんやりとした床が気持ちよく感じる。

「……もう、どうなったっていいや」

私は地下牢の床に寝そべったまま、静かに目を閉じた。

# 3　誰も知らない自分

次に目を開けたとき、私は兵士たちに地下牢から引きずられるように連行され、入浴と着替えを促された。

「追放前に、せいぜい身体だけでも清めておけ」

これまでほとんど関わりのなかった兵士にまで馬鹿にされ、私は怒りを通り越して無感情だった。心の汚れが入浴することでは落ちないことなど、私がいちばんわかっている。そんなもので落とすことができるなら、アンジェリカは私を陥れたりしなかったろうから。

入浴を終えると、脱衣所に青色のワンピースが置かれていた。家族が送ってきたのだろうか。これは私の私服の中でもいちばん地味なもので、敢えてこのワンピースを選んだのだろうと推測する。今後は地味に慎ましく生きていけと、そう言われているような感覚。

……これまでも、できるだけそうして生きてきたつもりなんだけどね。

ふぅと小さなため息を吐いてワンピースに袖を通す。ドレスよりもずっと動きやすい。

着替えが終わると、小さなふたり乗り用の馬車が用意されていた。オスカー様や両親は一度も私の前に現れないまま、私はひとり〝終末の村〟へ送られることになる――と、思っていたら。

「……アンジェリカ？」

馬車にはなぜかアンジェリカの姿があった。足を組んで、偉そうにふんぞり返っている。

「私がお姉様の見届け人になることを申し出たの」

「……見届け人？　あなたが？」

「ええ。お父様とお母様がお姉様を勘当したとしても……血を分け合った双子ですもの。最後にもう一度、お姉様に会いたいと思って」

会いたいのではなく、いよいよ追放される私の絶望した顔を見にきただけでは？　と心の中で思う。

私とアンジェリカが向かい合わせに座ると、窓の閉め切られた馬車は静かに走り始めた。次第にスピードは速まって、王宮が遠のいて行くのがわかる。

「そうだ！　お姉様に言っておかなくてはならないことがあるの」

胸の前で両手を合わせ、アンジェリカは弾んだ声で言う。

「あのあとすぐオスカー様に告白されて……私がオスカー様の婚約者になることが決まったの。……なんだかごめんなさいね？　お姉様の好きだった人を、奪う形になってしまって」

最初から奪うことが目的だったくせによく言うものだ。きっと私が婚約者に選ばれたときから、妹はこの瞬間を待ちわびていたに違いない。

「でも、元々オスカー様はお姉様ではなく、私に気があったみたい。だけど、国王様に言われたんだって。〝双子の聖女は姉の方が力を持って生まれることが多いから、ふたりとも聖女になったら姉の方と婚約しろ〟……って。だからお姉様が選ばれたの。でも結局、聖女の力も全然だったし……期待外れだったたって仰ってたわ」

……そうか。オスカー様は国王様の指示で私を選んだだけ。ちょっとでも、私自身をいいと思ってくれたのでは？　と思った馬鹿な自分が情けない。

「それとね、私、大聖女の称号をもらうことになったの。これまで王都の森を守り続けた功績が認められたみたい！」

私は黙ったまま、膝に置いた手をぎゅっと強く握った。もっと私が悔しがり悲しむと思っていたのか、アンジェリカは顔色ひとつ変えない私を見てつまらなそうな表情を浮かべている。

「……あ！　ねぇお姉様。どうせなら最後に教えてくれない？　どうしてあのとき、魔物を捕まえられたの？」

「……え？」

「王都の森の結界を私が張り直しに行ったときのことよ。私、たしかに見たの。お姉様が腕に魔物を抱いていたこと。すぐに森に返していたけど……」

「……そんなことあったかしら？　あったとしても、私が魔物を抱けるわけないでしょう。襲われていたんじゃなくて？」

「そんなふうには見えなかったわ。それに、私はあの光景を見て、お姉様を危険人物に仕立て――いいえ。危険人物だと思ったのよ」

今さら誤魔化さなくたっていいのに。妹に陥れられたことを、嵌《は》められた私自身がわからないはずがないのだから。

「……私は覚えていないから、教えられないわ」

淡々と外を眺めながら言うと、アンジェリカはふんっと鼻で笑う。

「へぇ。まぁ、今となってはもうどうでもいいわ。もうお姉様に会うこともないだろうから」

なにかした覚えはないのに、いつの間にこんなに嫌われていたのやら。やはり一瞬でも私がアンジェリカより目立ったから？　それ以外に、ここまでひどい仕打ちを受ける理由がないが、そんな理由でこんなことまでできる彼女が恐ろしい。

「……着いたみたいね」

馬車が動きを止める。終末の村のすぐ手前に到着したようだ。

御者に私だけ降りるように言われ、私はのそのそと立ち上がると馬車の扉を開けた。その瞬間、生ぬるい風が私の顔をめがけて吹き付ける。

「……っ！」

突然、背後から背中を押されて前のめりに倒れ込む。振り返ると、アンジェリカが満面の笑みを浮かべていた。

「元気でね。アナスタシア」

そうアンジェリカが言うと扉は閉められ、馬車は来た道を戻っていく。

ひとり残された私を取り囲むのは、王都とは違う淀《よど》んだ空気。まだお昼だというのに、辺りが薄暗く感じる。それは、この淀んだ空気がそう錯覚させているのだろうか。目の前は無数に生い茂る木々たち。村は瘴気《しょうき》だらけの森に囲まれているため、嫌でも森の中へ入らなければならない。わざわざ手前で降ろしたのは……自分たちまで危険な目に遭いたくないからでしょうね。どうせ森に入らなくとも、こんなにもないところで彷徨《さまよ》っていては、そのうち餓死してしまうだろう。

完全に馬車が見えなくなったところで、私は下草の上に思い切り寝転んだ。

「……ふっ！　あははっ！」

すると、急に笑いが込み上げて止まらなくなる。

一週間前まで、まさか私がこんな目に遭うとは思わなかった。オスカー様と結婚できるかも……なんて浮かれていたのが今や、家なしの一文なしで罪人扱い。婚約破棄と言われたときは最初こそショックを受けたものの、ここまでくるとどうでもよくなってくる。最早――なにも知らない馬鹿な家族とオスカー様が、かわいそうに思えるほどだ。

「……どうして魔物を捕まえられたのか、ですって？」

さっきアンジェリカからされた質問を復唱し、私はほくそ笑む。

——私には、誰にも言っていない秘密があった。私は聖女としての目覚めも遅く、その力を成長させることはできなかったが……代わりに別の特別な力を持っていた。

それは、世にも珍しい〝魔物使い〟の力。その名の通り、魔物を従え操ることができる人間。

ついでにもうひとつ。みんなが気づいていない事実がある。妹のアンジェリカは、お母様のような強大な力を受け継いでいない。彼女の聖女レベルはよくいって中級——実際には、下級聖女と言ってもいい位置だろう。そんな彼女が〝大聖女〟だなんて……。きちんと聖女としての能力を計りもせずに、なんて馬鹿な人たちなのかしら。

魔物は基本的に、瘴気の出る森から湧いて出る。なぜならその瘴気が人間界と魔界を繋ぐと言われているからだ。だから聖女は森に結界を張り、外に出てこないようにする。

プルムス王国の王都は国でいちばん栄えている場所だが、ひとつだけ大きな欠点があった。

それは、魔物がたくさん棲みつきそうな広い森があることだ。森の面積が広いほど、魔物に目をつけられやすい。人間が広い部屋に住みたがるのと同じように、魔物も広い場所を好むということだ。

そんな王都の森を大聖女のお母様は守り続け、後に、お母様の代わりに王都の森の結界を任されていたアンジェリカ。だけど実際、彼女が森全体に結界を張ることなど不可能。仮にできたとしても、ものの数分で破られてしまうくらいの僅かな結界にしかならない。

それなのに、なぜ王都は守られていたのか——ここまで言えば答えを導くのは簡単だろう。

同行していた魔物使いの私が、魔物たちに森から出て人間を襲わないように言い聞かせていたからだ。

幼かったこともあり、最初は魔物使いとしての自覚がなかった私は、お母様やアンジェリカに同行するたび、どこかから聞こえる声の正体がずっと気になっていた。そして、結界を張ったアンジェリカが帰ったあとひとりで森に残ると……魔物が私の前に姿を現した。そこでようやく私は、声の主が魔物だということに気づいたのだ。

姿を見る前から心を通じ合わせていたせいか、不思議と魔物を怖いとは思わなかった。

魔物たちは、〝魔物使い〟の人間の存在を感知することができるらしい。魔物にとって、出会ったときから私は主《あるじ》なのだと教えてくれた。

そうして魔物たちは私に、アンジェリカが結界が張れていないことも伝えてくれたのだ。まずいと思った私は、魔物たちに森から出ないようお願いした――。

私は聖女として目覚めるずっと前から、そうやって王都を守ってきた。定期的に森に足を運んでは魔物たちと交流を図り、平和を保ってきたのだ。

……私を追ってつい森を飛び出してきた魔物を宥《なだ》めていた瞬間を、アンジェリカは偶然目撃したのだろう。そして、私を陥れるための糸口を掴んだ。

私は妹を妬んで結界が破られたという偽造をしたかったわけではない。むしろ妹の代わりに、不安定な結界から魔物が出てこないよう彼らに言い聞かせていただけだ。

「私を苦しめようと思ってこの村へ追放したのだろうけど、それは大きな間違いだったわね」

終末の村は、昼夜問わず魔物が溢《あふ》れる危険な場所。しかし、私にとっては魔物だらけというのは、イコール味方だらけということだ。

「……もうなにも我慢しなくていいんだわ！　だって、私は自由だもの！」

両手を掲げて、私は叫ぶ。

『最強聖女アリシアの娘』『双子の〝姉〟の方』『第三王子オスカーの婚約者』――。

自分を窮屈にしていたすべての肩書から解放された私は、ずっと身に着けていたいつかの思い出のブレスレットを思い切り投げ捨てると、淀んだ空気に似合わない笑い声を響かせて、終末の村へと駆けて行った。

# 4　終末の村

「ああ！　なんて身軽なの！」

ひとつも荷物を持たずに放り出されたのだから、身軽なのは当たり前のことだ。しかしそういう現実的なことではなく、私はなんとも言えない解放感でいっぱいだった。

しばらく笑いが止まらないまま終末の村を囲む森の中を駆けていたが、ふと我に返り、ぴたりと足を止める。

――すっかり頭から抜けていたけど、村にいるのは魔物だけじゃない……国から見捨てられた様々な人々もいるのよね。

その中にはもちろん、悪さをして追放された者もいる。それもきっと、ひとりやふたりではないだろう。そうなれば、自分の身に危険が及ぶ可能性は高い。

「まずは護衛を付けるべきね」

私にとって、最も恐ろしいのは魔物ではなく〝人間〟だ。知恵を持ち、感情を持ち、平気で人を裏切ることのできる人間。その存在は、魔物よりもずっと怖い。

……よし。森で最初に見つけた魔物に護衛を頼むことにしよう！

魔物を味方につけておけば、元悪党たちもそう簡単に手を出してこないはず。なぜ魔物と仲良くしているのか疑問に思われるだろうが、こんな場所でそのことを裁く術《すべ》などない。

するると、背後からガサリと木の葉が揺れる音が聞こえた。

振り向くと、一見犬のように見える黒い魔物が走っている。

「……ク、クロマル⁉」

目を疑うほど、前世で私が飼っていた犬にそっくりだ。あの魔物は、クロマルの生まれ変わりじゃあないだろうかと思うくらいに。

魔物を見てビビッときた私が、絶対あの魔物に護衛を頼もうと心に決めて走り出そうとした——その瞬間。魔物を追いかけるように、ひとりの男が突如として姿を現した。男は剣を持ち、鋭い眼差《まなざ》しで魔物を睨《にら》み付けている。……まさか彼も、私と同じようにこの魔物を狙っているのだろうか。

「ちょっと待って！　この子は私が先に目をつけたの！」

いつから彼が魔物を追っているのかは知らないが、そういうことにさせてもらう。

叫びながら走って魔物に近づけば、よく見ると魔物は身体に小さな傷を負っていた。

「……！　これ、あなたが？」

小さいけれど痛々しい傷口はぱっくりと開いており、傷付けられてからそう時間が経っていないことを表している。

「……誰だお前は。俺の邪魔をするな。こいつは俺の獲物なんだ」

鋭い眼差しが、魔物からギロリと私に移る。……なんて殺気だろう。睨まれただけで、足がすくんでしまう。こんな恐ろしいオーラを放つ人には、生まれて初めて会った。

「や、やめてあげて。怪我《けが》してるじゃない」

私はなんとか足を動かして、小さな魔物を庇《かば》うように男の前に立ち塞がる。魔物の身体が震えているのと同じくらい、私の声も震えていた。

「なぜ魔物を庇う。こいつらは人間に害を及ぼす。駆除すべき存在だ」

ざわっと風が吹き、男の銀色の髪を揺らす。前髪の隙間から見える深く濃い青の瞳は、とても綺麗な色をしていながらも、今にも人を殺しそうなほどの眼力が込められている。

「あなたにとってはそうでも、私にとっては違うもの。だから諦めて」

震えながらも発する言葉は堂々としたもので、我ながら自分を褒め称《たた》えたい。というか、どうして最初からこんな怖い目に遭わなければならないのか。どうせなら私が護衛をしっかり付けてから現れてほしいものだ。こればかりは、自分の運のなさを呪う。

「つべこべ言わずにそこを退《ど》け！　退かないなら……お前ごと斬るぞ」

「……っ！」

彼の目は本気だ。剣を持つ右手は、いつ動いたっておかしくない。

――怖い。だけど、私はここで好きなようにすると決めた。だから絶対に、この子を守り抜いてみせる。そして私の護衛に付けて、一緒に楽しく暮らすの！

「ここで私を斬ったら、絶対に毎日あなたの夢に化けて出てやるわ。それでもいいなら、お好きにどうぞ?」

決して怯《ひる》まずに、私は男に言い返す。

「……そうか。馬鹿な女……だ」

「……へっ?」

すると、突然男がその場にどさりと倒れ込んだ。わけがわからず、私は何度も瞬《まばた》きをする。

「わ、私、なにもしてないわよね? もしかして、あなたがなにかしたの?」

振り返って魔物に問うが、魔物は首を左右に振って否定する。

急に倒れた男が心配になり駆け寄ると、男はものすごい量の汗をかき、苦しそうに呼吸をしていた。

「……すごい熱だわ!」

額《ひたい》に手を乗せれば一瞬でわかるほどの高熱。すぐにどこかで寝かせないと、余計に熱が悪化してしまうことだろう。

「ねぇ、この辺にゆっくり休める安全な場所はない!?」

魔物に聞くと、魔物は鼻をひくひくと動かしてあちらこちらに身体を向けている。そして当たりを付けたのか、急に走り始めた。私は倒れた男に肩を貸して、魔物のあとを追う。多少意識はあるのか、男も僅かに身体を動かしてくれた。

案内された場所は、小さな洞穴《ほらあな》だった。しかし奥行きはしっかりとあり、ひとけもなく休むには充分な場所だ。生活に必要な最低限のものさえ調達できれば、しばらくの間はここに住めそうな気もする。いい場所を教えてもらえた。

私は男を寝かせると、ワンピースのポケットに入れっぱなしになっていたハンカチを近くの川で濡らして、男の額の上に置いた。すぐ熱くなるため、定期的にハンカチを濡らしに外に出る。水を汲《く》んで置ける桶《おけ》のようなものがあればいいのだけど……彼の容体が落ち着いたら、この付近をいろいろ探索してみよう。

そうこうしているうちに、男の口から発せられていた小さな呻《うめ》き声は聞こえなくなり、代わりに規則正しい寝息が聞こえるようになった。熱はまだ高そうではあるが、横になったことで少しラクにはなったみたい。

「そういえば、あなたも怪我《けが》をしていたわよね」

そう言って、隣で一緒に男を見守ってくれていた魔物に視線を落とす。黒い毛で覆われた身体――背中の部分に、やはり痛々しい切り傷が残っていた。

私はどうにかして、魔物の傷も治療してあげたいと思った。だが、治療できる道具はなにもない。ワンピースの裾部分を裂いて傷口を巻いておけば、多少はマシだろうか。

「痛いと思うけど……ちょっと我慢してね。傷を見るだけだから」

血は止まっているか、どのくらいの範囲が切れているか。もっとよく見ようと思い、私は魔るような感じだ。

物を自分の膝の上に乗せる。大型犬くらいの大きさなので、ちょうど背中部分が膝に乗ってい

……前みたいに聖女の力がきちんと使えているなら、これくらいすぐ治せそうなのに。

傷口を見ながら思う。一年前から、私は聖女としてまったく働けなくなるほど、急速に力がなくなってしまった。原因はわからないが、あまりにも遅咲きだったため、完全に力が開花されなかったのではないか……なんて、周囲からは言われていたけれど。

「こうすれば手から光が出て……」

私は聖女の力がまだちゃんとあったときのように、魔物の傷口に手をかざしてみる。

「……あれ」

すると、驚きの光景が目の前に広がった。ほぼ出なくなっていた聖女の光が、はっきりと私の手が輝きを放っているではないか。

魔物の傷口はその光によって、あっという間に塞がっていく。

「どういうこと？」

ここまで簡単に聖女の力が発動できたのは久しぶりのことで、驚いて自分の手を凝視する。

今のは偶然？　それとも……？

【ありがとう。すっかり痛みは引いたよ】

「えっ？」

急に声が聞こえて、私は手から魔物へと視線を移す。

「あなた、話せる魔物だったの？」

【うん。それにしても驚いた。本当に、魔物の声が聞こえる人間がいるなんて】

私は魔物使いの力を持っているためか、昔から魔物と意思疎通ができる。ほかの人にはただの鳴き声にしか聞こえないだろうが、私にはなにを言っているのかわかるのである。

自分が魔物使いだということに気が付いたのも、幼い頃、お母様が魔物が棲《す》みつく森に結界を張りに行くのに同行した際、魔物の声が聞こえたのがきっかけだ。

長年生きている上級の魔物ともなれば、周囲の人間に強制的に言葉を聞かせることも可能というが、ほとんどの魔物にはそれができない。

逆に幼すぎる魔物だと、まだ言葉自体をはっきり理解しておらず、ほとんど会話にならなかったりする。人間の赤ちゃんと同じで、魔物も成長と共に言語を理解していくというわけだ。

この子は犬ならそこそこ大きめサイズだけれど、魔物としてはそこまでじゃあない。だから、まだ話せないのかと思っていた。実際ここまで一言も話さなかったし……。

【僕、君のこと知ってるよ。王都に世にも珍しい魔物使いがいるって。名前はたしか――アナスタシア】

「……正解。すごい。ここまで私の名前が広がってるなんて」

知らないうちに、私は魔物界で有名人になっていたようだ。

【アナスタシア。どうして君がこんなところに？　自分で言うのもなんだけど、ここは魔物にとっては天国だけど、人間にとっては決していい場所じゃないよ】

「知ってる。私、今日からこの村で暮らすことになったの。……婚約破棄された挙句、王都を追放される羽目になっちゃって」

苦笑しながら言う私に、魔物は驚いて目を丸くした。

【えぇ!?　どうしてそんなことに……。国にとって、聖女は大事な存在のはずだろ？】

「私、聖女として半人前どころか……ほとんど聖女じゃないに等しい存在だったから」

【なに言ってるんだ。だったら、今僕の傷を治せるわけがない】

「うーん……。それに関しては、私も不思議に思ってるのよねぇ」

なぜ急に能力が復活したのかなんて、私が聞きたい。首を捻《ひね》っていると、魔物がまた口を開く。隙間から見える小さな牙が可愛らしい。ほかの人が見たら、怖いと思うのかしら……って、今はそんなことどうでもいいか。

【……君、もしかして、黒い石のついたブレスレットを着けていた？】

「……え？」

それって、私がアンジェリカにプレゼントされたもののことだろうか。

「着けていたけど、ちょうどあなたに会う前に捨てちゃったわ。……それがなにか？」

【やっぱり！　あれは君がつけていたのか！　この男に見つかる前、僕はそのブレスレットを

見つけたんだよ。魔法石《まほうせき》特有の匂いを感じてね】

――魔法石？

「あれは天然石じゃあないの？　アンジェリカにもらったとき、天然石だと聞いていたんだけど」

私が言うと、魔物は首を横に振る。

【あれは呪いの魔力が込められた立派な魔法石だよ。君は多分、そのアンジェリカって人に呪いをかけられていたんだろうね】

「……なんですって？」

この世界には聖女のほかにもあらゆる特殊な職業がある。魔法使い、騎士、格闘家、薬師――そして裏社会の闇職業、呪術師なんかも存在していると聞いた。

まさかアンジェリカは、わざわざ闇ルートから呪術師と繋がって……もしくは近しい人間に頼んだか、闇市に身分を偽って赴《おもむ》いたか……そうやって、石に呪いをかけたってこと？

そんなことしない、と言い切れないどころか、むしろあの子ならやってのけそうだとすら思える。私を蹴落とすためなら、犯罪にすら手を染める。……本当に罰せられるべきは妹だったのに、考えれば考えるほど、私の周りには馬鹿な人たちしかいなかったみたいだ。

【呪いの内容も、この状況を見れば大体見当がつく。大方、聖女としての力を呪いで無理矢理抑え込んでいたんだろう。魔力を封じたり、その人自身が持つ特殊能力を抑え込んだりする呪

術でね。身に覚えはない？　ブレスレットを着けてから、急に力が弱くなったとか】

「……覚えがありすぎて眩暈がするくらいよ」

頭を抱えて項垂《うなだ》れるように呟《つぶや》くと、魔物は哀れみの眼差しを私に送る。言われた通り、あのブレスレットを身に着けるようになってからだ。私の聖女の力に異変が起きたのは。

「あれ？　でも、それならなぜ、魔物使いの力は抑えられなかったのかしら？」

【聖女の力はアナスタシアの内にある魔力から溢れる特殊能力だけど、魔物使いっていうのはそういうのじゃなくて、生まれ持った才能だからじゃないかな】

なるほど。魔力を使わないものに関しては、呪いが発動しなかったのね。

【でもよかったね。この呪いがあまり上等なものでなくて。一流の呪術師がかけた呪いは解呪がすごく難しいって聞くけど、そういった呪術師は大抵本人に呪いをかけるらしいから。石に頼ってる時点で大した呪いではなかったんだよ】

「逆を言えば、このブレスレットさえ外していれば、もっと早く呪いが解けていたってこと……？」

【まぁ……そうなるね】

最悪だ。私は私自身の判断で、大事な力を封じ込め続けていたなんて。

少しでも外しているとアンジェリカが「せっかくあげたのに着けてくれない！」と大袈裟《おおげさ》に騒ぎ立てるものだから、面倒で肌身離さず着けていた。……それとは別に、純粋にプレゼントしてくれたことが嬉しいっていう気持ちも、当時あったのは事実。

あれもすべて、私に呪いをかけるための作戦だったのね。毎日ブレスレットを着けている私を見て、きっとアンジェリカは心の中でそれを嘲笑っていたに違いない。

【げ、元気出して！　君はもう呪いから解放されたんだ！　これからは思う存分、聖女として活躍できるよ！　魔物使い兼聖女だなんて、世界中探してもアナスタシアくらいだよ！】

あまりにも落胆していたからか、魔物が私を慰めてくれた。魔物にとっては聖女なんて厄介な存在でしかないのにこうも優しい言葉をかけてくれるなんて――この子、絶対にいい子だわ。

それに、治安の悪い終末の村で暮らす上で、聖女という肩書きは役に立つかもしれない。ここへ来なければ一生ブレスレットを着用し続けていた可能性がなきにしも非ず。結果オーライと思って、ポジティブに考えよう。これまでの後ろ向きな私とは、お別れすると決めたのだから。

「ありがとう。いろいろ教えてくれて助かったわ。ところで、名前はなんていうの？」

【名前？　そんなのないよ。世間的には〝ブラックウルフ〟って呼ばれてるけど】

「それは個人の名前じゃなくて、魔物ネームっていうか……私が聞いてるのはそういうのじゃなくて……そうだ！　私が名付けてもいい？」

【！　もちろん！】

魔物は起き上がるとぶんぶんと尻尾を振り始める。本当に犬みたいだ。ウルフといっているから、狼《おおかみ》なんだろうけど。

「あなたの名前はクロマル！」

【くろまる？】

「ええ。私がとっても大好きな名前なの」

前世の黒丸と、目の前にいるクロマルが重なって見えて、思わず私は微笑む。

【君が好きな名前ならなんだって嬉しいよ！】

「よかった。私のことはアナって呼んで。それと、もうひとつお願いがあるんだけど……」

【アナ！　なんでも言って。僕ら魔物にとって君はご主人様みたいなものなんだから】

狼とは思えないほどきゅるきゅるとした目を輝かせ見つめてくるその姿は、ご主人様を待つ黒柴《くろしば》にしか見えない。

「私の護衛役を頼みたいの。ほら、ここにはきっと凶暴な人もいるでしょう？　私みたいな新入りをよく思わない人たちが。そんな人から身を守るために、護衛をしてくれる魔物を探していたの」

【もちろん引き受けるよ！　……人間に護衛を頼まれるなんて、初めてでわくわくする！】

魔物に護衛を頼む人間なんてそうそういないからなぁ。飛びついてきたクロマルを胸に受け止めて、ぼんやりとそんなことを思っていると。

「……ん……」

静かに眠りについていた男が、微《かす》かに声をあげて寝返りをうった。その拍子に、額に乗せていたハンカチがするりと落ちる。拾い上げると、ハンカチは既に冷たさを失っていた。

「また濡らしに行かなくちゃ」

【その必要はもうないって！　アナ、君は聖女なんだよ⁉】

立ち上がる私をクロマルが慌てて止める。

「あ、そうだった……。急に力が衰えたのには困ったけど、急に復活するのも困るわね」

頭がまだ、現役バリバリの聖女に戻った事実に追い付けていない。

「でも、おかげで彼をラクにしてあげられるわ」

【……まぁ、僕としては自分を殺そうとしたやつを助けるのはなんか癪《しゃく》だけど】

私が男の額に手をかざし、聖女の治癒魔法ともいえる光を発動すると、クロマルは不満を露《あら》わにする。言っていることは最もだが、このまま彼を放置できるほど、私は冷酷な心を持ち合わせてはいない。この村で初めて出会った人間というのもあるし……具合がよくなったら、いろいろこの場所について教えてもらえると有難いなんて、ちゃっかり思ったりしてるけど。

「……ここは？」

治癒魔法のおかげですっかり熱が引いたようで、男はゆっくりと身体を起こす。

「森の中の洞穴。あなた、話してる途中で倒れたの。ここまでなんとか一緒に移動したの、覚えてない？」

「ああ……俺を支える手が、ずいぶん頼りなかったのは覚えてるな」

思い出したように、しかしさっそく毒舌まじりにそう言う男に、私は思わず顔をしかめる。

「……冗談だ。助かった。ありがとう」

私の心中を察したのか、男は苦笑しながら言った。とても冗談を言うタイプには見えないが……。でも、さっきより表情が柔らかくなっている気がする。

「それで、魔物はどこに――！」

男は辺りをきょろきょろと見回すと、すぐそばにいるクロマルに気づき目の色を変えた。

「ここにいたか。わざわざ死に急ぎにきたとは……」

「わぁーっ！　ちょっと！　物騒なもの持たないで！　あなたが助かったのは、この子のおかげでもあるんだから！」

手の届く距離に置いていた剣の柄を掴む男を、私は必死に止める。せっかくの柔らかな表情も既に消えている。

「そんなことがなぜお前にわか――ん？　待てよ」

言いかけて、男はなにかに気づいたようだ。

「どうしてお前は魔物に襲われない。この辺の魔物は人間を見ると襲いかかるやつばかりなのに……それどころか……」

クロマルを庇うように抱きかかえる私を見て、男は思い切り眉をひそめる。

「平気で魔物に触れる女なんて初めて見るが……どうなっているんだ？　まさか、お前も人型の魔物……!?」

「違いますから！　その剣を今すぐ下げて！　私はただの聖女兼魔物使いなだけです！」

【……〝ただの〟っていうのは、語弊があると思うなぁ】

クロマル、細かいことは気にしないでいいの。

「聖女兼、魔物使い？」

私の能力が気になったのか、男は振りかざした剣をすっと下げる。よかった。命拾いした。

というか、どうしてこの人は魔物のことになるとこんなにも血の気が多くなるのかしら。この村で、散々魔物にひどい目に遭わされてきたのだろうか。

「じゃあ俺の高熱は、聖女の治癒魔法で？」

私は無言でこくりと頷く。

「……それは理解できるが、魔物使いっていうのは作り話でしか聞いたことがない。……遠い昔、そういう存在もいたと聞くが、あまりにも真実味のない話だ」

「でしょうね。私もそう思っていたし、公言する気もなかったわ。だからずっと隠していたの」

「隠し続けていたことを、なぜ初対面の俺に簡単に教えたんだ」

「そんなの、もう隠す気もなければ理由もないからよ」

「……はあ？」

あっけらかんと答える私に、男はまるで意味がわからないというような反応を見せる。

「これでわかったでしょう？　私が魔物と仲良しな理由。あなたはわからないかもしれないけど、魔物は悪い存在じゃあないわ。少なくとも私にとっては味方同然。この子……クロマルだって、この場所を見つけてあなたを助けることに協力してくれた。自分を殺そうとした人を助けるなんて、悪い魔物がすると思う？」

【そうだそうだ！】

ガウガウッ！　とクロマルが吠《ほ》える。

「まぁ……それはそうだな。だがお前にとっては味方でも、俺にとって魔物は忌むべき存在。そんな魔物を扱える〝魔物使い〟のお前は……」

なにを言われるのか、私は生唾をごくりと飲み込む。

「とても興味を引く存在だ」

「……え？」

てっきり〝魔物よりも忌むべき存在〟とか〝魔王同然〟とか言われると思っていた。それが〝興味を引く存在〟だなんて。

「名前はなんていうんだ？」

「あ、えっと……アナスタシア。あなたは？」

「俺の名前はユーイン。好きに呼べ。変なあだ名を付けたりはするなよ」

好きに呼べと言っておいてあだ名を付けることへの注意喚起……ユーインって、結構変わり者？

「ユーイン、あなたはいつからここに？　それに見たところ……」

私はじーっと、ユーインのことを上から下まで見つめる。初めて会ったときは気づかなかったが、まじまじと見るととても整った顔立ちをしているではないか。オスカー様と同等――いや、オスカー様よりもかっこいい。背も高く、手足は長く細い。そして身に着けている黒の軍服は生地も立派で、ところどころに入っている銀色の刺繍《ししゅう》が高級さを際立たせている。

「あなた、上流階級の人？」

「……ものすごく嫌そうな顔をしてるな」

「だって好きじゃないんだもの。王家の人間なんて特に」

アンジェリカにあっさり騙されたオスカー様はもちろん、オスカー様の言うことを聞いて私への処分を許可した国王様も、その周りの人たちもみんな嫌いだ。王都を守っていたのが誰かも知らず、私を危険人物とみなした人たちが。

「……安心しろ。俺はそんな大層なやつじゃない。大体、そんなやつがこんな場所にいるわけないだろ」

「言われてみれば、たしかに」

「俺は田舎の下級騎士。終末の村の魔物駆除依頼を受けて、騎士としてひとりでここへ来たばかりだ。俺みたいな下級の者は、こういった誰も受けない仕事に回される」

「へぇ……騎士の世界もいろいろあるのね。どうすれば田舎に戻れるの？」

「――この村にいる魔物をすべて退治するまでは帰るなと言われている」

「えぇ!?」

そんなのひとりじゃあ無理に決まってるし、大体――。

「困るわ！　そんな任務、断固拒否！」

「それはお前の私情だろ。実際ここにいる多くの人間が、魔物によって被害を受けていると聞いた」

「……そうなの？　クロマル」

クロマルは気まずそうに目を伏せて言う。

【否定はできない。でも、人間だって魔物に襲いかかってくるから仕方ないんだ】

互いに恐怖を感じ、襲ってくるから襲い返す――または、襲われる前に襲う。この国の魔物と人間の間にはずっと、そんな悪循環が起きているのかもしれない。聖女の結界がない、この村では特に。

「だったら、私がこの村を住みやすく変えてみせるわ。魔物も人間も、どちらも味方につけられる私だからこそ、それができる可能性を秘めていると思うの」

「……正気か？　大体、なぜお前がそこまでする」

「だって、私は今日からここに住むのよ？　それなら住みやすい方がいいに決まってるじゃない」

「ああ……お前、追放者か」

ここにいるのだから、それ以外ありえないだろう。帰る場所があるのは、ユーインみたいに任務で来た騎士くらいなものだ。

「ええ。追放されたてほやほやってところ」

「自慢げに言うな。……追放者はもっと絶望してるイメージがあったが、お前はずいぶんと絶望からはかけ離れているな」

当たり前だ。なんなら今の私は希望に満ち溢れていると言ってもいい。危うくその希望が、ユーインによって潰されるところだったけど。あの剣で斬られていたら、死んでも死にきれなかっただろう。

「絶望なんてしないわ。心強い護衛も見つかったし」

そう言ってクロマルの頭を撫でる。もふもふが気持ちよくて、ずっと触っていたくなる。

「護衛？　そいつが？」

「そうよ。私新入りだから、なにされるかわからないじゃない。だからこの子に護衛を頼んだの」

「……そいつだけじゃあ頼りない。人間の護衛も、プラスしたらどうだ？」

「……それって」

まさか、自分を護衛にしろと？

私の予想はどうやら当たったようで、ユーインは不敵な笑みを浮かべて言う。

「助けてもらったお礼に、お前の護衛をしてやろう」

「待って！　任務はどうするつもり？　私といる限り、魔物に手出しはさせないわ」

「わかってる。だからしばらく待ってやることにした。お前がここを人間も魔物も住みやすい村にできたなら、俺は任務を諦めてここを出て行く。だができなければ、容赦なく片っ端から魔物を殺す。……もちろん、そいつもな」

【……！】

ギロリと睨まれた、クロマルの身体が大きく震えた。声も出ないほど、ユーインの睨みは怖いらしい。クロマルにとっては最早トラウマものなのだろう。

「それまではお前の護衛に付いてやるし、生活の手助けもしてやる。どうだ？」

――正直、悪い話ではない。私が有言実行できさえすれば、デメリットなんてひとつもない。……ただ、逆に言うと私がきちんと村を変えられなければ……最悪の結末が待っている。

けれどユーインの提案をここで突っぱねたら、ユーインは任務遂行のためにひとりで魔物狩りを実行するかもしれない。

【アナ……僕、死にたくない……】

「……クロマル」

クロマルは怯《おび》えながら、私の足に身体をすり寄せてきた。狼とは思えないほどうるうるして丸くなった瞳を見て、私は絶対クロマルを守り抜くと心に誓う。

「大丈夫。絶対私がなんとかするわ」

私はユーインに護衛を頼むことに決めた。

「……腹は括ったようだな」

「ええ。……これからよろしくね。ユーイン」

「こちらこそ——アナスタシア」

差し出されたユーインの右手を見つめる。ついさっきまで私を殺そうとした手。しかし味方になれば——きっと頼もしいに違いない。そう信じて、私はユーインと握手を交わした。触れた手のひらは、思ったよりずっと冷たかった。

## 5　のんびり村づくりは前途多難

「……ぜんっぜん人がいないわね」

あれから洞穴を出て森を抜けてみたが、村内は静まり返っており、まったく人が見つからない。

「村にはちゃんと住人がいるのよね？」

私が聞くと、クロマルは首を縦に振る。人が住んでいるということに間違いはないらしい。その事実を表すように、ちらほらではあるが、小さな家がきちんと建っている。

「瘴気の濃い森に囲まれてるんだ。みんな魔物を恐れて、すっかり引きこもり状態なんじゃないか？　それにこんな空気の淀んだ場所――外に出たとて、いい気分にはならないだろ」

結界が張られていないせいか、村全体が障気に満ちている。ユーインの言う通り、自ら外に出ようなんて思う村人は極めて稀《まれ》なのだろうか。

「これじゃあ一生〝住みやすい村〟になんてならないな。お前ひとりが住みやすくたってなんの意味もない」

「それはそうだけど……あっ！」

するとと、家のひとつのからひとりの女の子が外へ出てきた。彼女は玄関の周りに置いてある植木鉢に水をやっている。こうして見ていると、普通の日常のワンシーンといった感じだ。とりあえず、きちんと住人がいてきちんと暮らしていることに安心する。

「話しかけてみましょう。……こんにちは！　私、今日ここへ来たばかりで――」

私は住人を見つけた喜びで、勢いのまま女の子に向かって声を張りあげた。

「……っ！」

穏やかな顔で水やりをしていた女の子はこちらを見るなり血相を変えて、持っていたじょうろを放り投げて家の中へ戻ってしまった。その様子を見て、ユーインとクロマルが同時にため息をつく。

「魔物を従えてるやつなんか見たら、ああなるのが普通だろうな。まさか魔物使いなんてものが、本当に存在しているなんて思っちゃいないだろうし」

【自分を襲ったやつの肩を持ちたくないけど……その通りかも。アナは特別だけど、僕たちと人間は敵対する存在だから】

さっきの女の子のように力のない人間からすると、魔物から逃げる以外の術がないのだろう。

だから私の隣にいるクロマルを見て、あんな顔をしたんだわ。

「人間も魔物も仲良くできるわ。お互い〝害を加える気はない〟って認識を得られれば必ず。あの子にもそれが伝わるはずよ」

「どうだか。まぁ、やってみればいい。俺は楽しく見物してやるさ。……で、次はどうするんだ？　いつまでも誰もいないところに突っ立ってても仕方がないぞ」

その後もしばらく待ってみるが、誰かが外へ出てくる気配はない。片っ端から家を訪ねてみるのもありかと思ったが――クロマルを連れている以上、誰も中へは入れてくれないだろう。かと言って、私の都合でクロマルを置いてけぼりにするのはなんだか嫌だった。それに目を離した隙に、ユーインが手を下してしまう可能性もゼロではない。私はまだ、この男の真意がまったくわからないし、信用できていない。

「とりあえず、食べ物を確保しておきましょう。水は湧いているところをさっき見つけたし、寝る場所もあの洞穴でしばらくしのげるわ」

様子を見て空き家がないか、それとも空き部屋を持つ住人がいないかを確認して、住む場所は追々確保できたらいいと考え、まずは数日を乗り越えるための食料を探すことにした。これも誰かに分けてもらえたら助かるが、ここではそんな他力本願では生きていけないだろう。それにこの先のことを考えると、食べ物がある場所を把握しておいた方が困らない。

【アナ、それなら僕に任せて。森には木の実や果物、食べられる野草がたくさんあるんだ】

「本当？　頼りになるわ。クロマル！」

【へへっ！】

私が褒めると、クロマルは嬉しそうにぺろりと舌を出してでれっとした顔を見せた。なんて可愛いの！　思わず頭をもふもふ撫でていると、ユーインに、「さっさと行くぞ」と怒られてしまった。

その後、私たちは手分けして食料を確保していった。途中で遭遇した魔物たちにも手伝ってもらい、あっという間に両腕が抱えきれないほどの木の実や野草でいっぱいになる。ユーインに「肉が食べたいなら魔物を狩ってやるぞ」と言われたが、丁重にお断りさせてもらった。

「ねぇ、これだけ採れたのだから、村のみんなにおすそ分けしない？」

「ほう。住人たちを食べ物で釣ろうってわけか」

「言い方が悪いわね。お近づきのしるしの手土産よ」

いちいち口の悪いユーインのことは気にせずに、私は採れたての食料を抱えて森を抜ける。

すると、ひとつの場所に数名の村人が集まっているのが見えた。

円を描くように集まってなにやら話し合いをしているように見えるが、なにかあったのだろうか。微かに見える数名の村人の表情はみんなどこか険しいものに思える。

「今行ったら話し合いの邪魔になるかしら……？」

「そんなの気にしてたら先に向こうにこちらの存在がバレて、また逃げられるかもしれないぞ。どうせ砕けるなら当たって砕けろ」

なんで砕ける限定なんだろうか。しかし、ユーインの言うことにも一理ある。とにかく会話にこぎつけることが大事なのだから、ここは空気を読まずに話しかけることにしよう。

【アナ、頑張って！】

クロマルの激励を受けて、私は村人たちの輪に近づく。緊張しているせいか、距離を詰めてもなにを話しているのかまったく頭に入ってこない。

「あのー……ちょっといいですか？」

恐る恐る声をかけると、会話がぴたりとやんだ。そして全員が一斉に私の方を見る。

「は、初めまして。私、アナスタシアといいます。今日ここに来たばかりなんですけど、お近づきのしるしにおすそ分けを——」

「こいつが〝魔女〟か！」

……魔女？　誰が？

「え、えーっと？」

村人たちは私を思い切り睨み付け、少し距離をとって警戒心を剥《む》き出しにしている。もしかして、いや、もしかしなくとも……魔女って私のこと？

「ジェシカから魔物を連れてる怪しげな男女ふたり組が村に入り込んでいるって聞いたんだ！　森に狩りに行ったやつも、魔物を従えてる黒髪の女を見たと言っていた！」

「魔物と手を組んで、ここを滅ぼしにきたのか⁉　そうはさせないぞ！　俺たちだって死ぬ気で生きてるんだ」

「さっさとこの村から出て行け！　ここはお前みたいなお嬢様が来る場所じゃないんだよ！」

方々から罵声を浴びせられたかと思うと、赤い髪をした男性が地面に転がっていた大きな石を拾い、私をめがけてそれを投げ付けてくる。

「……っ！」

ぶつかる――そう思い、私は咄嗟《とっさ》に目を瞑《つむ》った。しかし、なんの衝撃も来ない。

「……ユーイン」

目を開けると、ユーインが涼しい顔をして私の前に立ちはだかり、片手で石をキャッチしているではないか。

「すまないが、このお嬢様を守るのが今の俺の任務でね。ちなみに……そいつも」

「っ！　ブ、ブラックウルフがいるぞ」

村人たちの足元で、クロマルが威嚇している。どうやらふたりとも、いつでも私の護衛として動けるよう準備してくれていたらしい。

「怯むな！　ここで追い出しておかないと、やられるのはこっちだぞ……！」

「だ、だけど、護衛と魔物がいちゃあ……」

村人たちが悩んでいる間に、ユーインがそっと耳打ちをしてくる。

「今のうちに退こう。ここで争ってもなんの意味もない」

「……そうね」

頷くと、ユーインは強引に私の手を引いて走り出した。その拍子にせっかく収穫した野草や果物が落ちてしまったが、拾う暇もない。そしてそれに続くように、クロマルも私たちを追いかけてくる。

「おい、魔女が逃げたぞ！」

背後からバタバタと私たちを追いかけてくる足音が聞こえた。それを聞いて私は恐怖よりも、悲しみの感情の方が勝っていた。

「ここまで来れば、もう追ってこないだろう」

森へ入ると、忙しなく聞こえていた足音がやんだ。ユーインは私から手を離し、ふぅと小さく息を漏らす。結構走ったと言うのに、汗ひとつかいていない。下級といえどさすが騎士……日頃から体力を付けるための訓練をしているのだろう。

クロマルも普段から走ることが多いのか、ちっとも疲れているようには見えない。そんな中私だけが、ゼェハァと呼吸を荒くしているのがちょっと恥ずかしく感じる。

【大丈夫？　アナ……】

クロマルが私を心配そうに上目遣いで見つめてくる。走ったことによる疲れに対してなのか、それとも村人たちに石を投げられたことへの心配なのか……多分、どちらもだろう。

「……はぁ。なんでこうなっちゃうんだろう。せっかく生まれ変わろうと決めた場所で〝魔女〟だなんて」

「あながち間違いではないだろう。魔物使いの女、略して魔女」

「あ、兼聖女でもあったな」と、ユーインは顔色ひとつ変えず淡々と言う。

「そういえばユーインもクロマルも、石が当たって怪我をしなかった？」

ふたりが私を庇うように、逃げるときも頻繁に後ろを確認してくれていたのを思い出す。

「素人が投げた石が俺に当たるわけがない」

【僕も全部避けたよ！】

ふたりともどこかドヤ顔だ。そんな顔を見ていると、自然と笑顔になる私がいた。ここへ来てから踏んだり蹴ったり……いいや、来る前から私の人生はほとんどいいとこなしだった。だけど、護衛選びに関しては間違いなかったみたい。

「ごめんね。私のせいで迷惑かけちゃって……」

「当たって砕けろって言ったのは俺だ。お前のせいじゃあない」

「ありがとう。……でも、せっかく集めた食料も台なしになったわ」

すべて落としてしまったせいで、食べるものがない。今からまた採りに行こうにも、もう陽が落ちかけている。これ以上ふたりを疲労させたくはない。

……ここはふたりだけを洞穴に残して、私ひとりでもう一度食料探しに行くべきだ。ユーインがクロマルを襲わないよう、クロマルは別の場所で待機してもらう必要があるが。夜は魔物が活動的になるというが、私にとっては関係ないもの。それにしても――。

「私、追放先でも追放されそうになっているなんて……情けない。私の居場所って、この世界にあるのかしら」

妹やオスカー様が現状を聞いたら、きっとひっくり返って大爆笑するだろう。

「……あ、心の中で言おうとしていたことが、つい声に出ちゃってたわ。ごめん。忘れて」

早々に弱音を吐いてしまった口を慌てて塞いで、私は苦笑する。

「さっきまでの威勢が消えるには、早すぎやしないか？」

「……正論すぎてなにも言い返せないわ」

「……アナスタシア。この世界に居場所がないと感じてるのは、きっとここにいる誰もが同じだ。だからお前が作るんだろう。この村を、居場所にするんだろう。俺はそう聞いていたが？」

「ユーイン……」

相変わらず口調も態度も冷めているが、これって――慰めてくれている？　というより、私を奮い立たせようと？

「あなたって、実はちょっぴりいい人？　さっきまで私がやろうとしてることを、鼻で笑っていたのに」

「俺が憎んでいるのは魔物だけだ。人間には優しさくらい見せる。それにこれくらいでへこたれるなんて、俺からしたら張り合いがなくてつまらないからな」

ストレートに疑問をぶつけると、ユーインはぶっきらぼうに答えて目線を逸らす。この発言に、クロマルはまた若干怯えてはいたが……思ったよりも、ユーインは怖い人ではないのかも。

「うん。ふたりのおかげで元気出たわ。ありがとう。……よし！　私は今からみんなの食料を探しに行くから、ふたりは先に――」

「今からまた探すのはたいへんだろう。……もういい。遅かれ早かれこうなるとわかっていたし、ついてこい」

私の言葉を、ユーインが遮ってそう言った。

「……？」

【……？】

私とクロマルはふたりで顔を見合わせて首を傾げたが、黙ってユーインのあとをついて行くことにした。


「……すごい」

しばらく歩いて行った先には、この村には明らかに不似合いな一軒家が建っていた。みんなが住んでいる村からは少し離れた場所にある。聞けば、ここも終末の村の敷地内だというが、周りにほかの建物はない。

「ユーイン、どうしてこの場所を？」

「どうしてって、俺はここで任務を任されているのだから、住処があるに決まってるだろう」

「あなたのために、家をわざわざ用意してもらったってこと？」

「……いや違う。ここで任務のある騎士用に騎士団が内密に作ったんだ。本来は外部の人間にここを教えたらダメなんだが、今回は特例としよう。生活の面倒を見てやると言った責任もある。しばらく住めばいい」

そう言って、ユーインが扉を開ける。中は十分な広さがあり、生活に必要なものも一式揃っているではないか。

「こんな家があるのに、私とクロマルと一緒に洞穴で寝ようとしていたの？」

「護衛だからな。仕方ない」

ユーインの騎士としての意識の高さに感心しつつ、私は家の中にお邪魔させてもらう。ユーインはクロマルを部屋に入れることを嫌がられたが、絶対に目を離さないと説得して、渋々許可してもらえた。

「少しでも家のものに悪戯《いたずら》したり勝手につまみ食いをしたら、速攻斬るからな」

【ア、アナ……僕、やっぱりあいつをいいやつとは思えないかな……】

まったくユーインったら、戦闘の意思のないけなげなクロマルを脅してばかりなんだから。私の護衛としてクロマルには付いてもらってるけど、クロマルのことは私が守ってあげないと。

「腹が減ったな。食事をとろう」

キッチンへ移動するユーインと一緒に、私も保冷庫や保存してある食料をチェックする。肉、魚、野菜——数日は食べ物に困らないであろう量がずらりと並んでいた。これも騎士団からの支援品だろうか。さっき見た村人たちはみんな痩せているように見えたし、自力でここまで集めるのは不可能な気がする。

「助けてくれたお礼に、私が作るわ」

「……本気か？　ここに来る前には、包丁すら握ったことがなさそうに見えるが」

「まぁ、見てて。なんでもいいわよね？」

たしかにアナスタシアとして生まれてから、キッチンに立ったことなどほとんどない。だが、前世の私はいつも家事を任されていた。いつ帰ってくるかわからない母と妹の食事を、いつもひとりで作っていたのだ。

私は手際よくイエロートマトと芽キャベツのサラダと、チキンのハーブ焼き、トマトスープを作った。お米を炊くのは時間がかかりそうだったため、パンを添えて完了だ。

「どうぞ。召し上がれ」

なにも置かれていなかった木製のテーブルにどんっと料理を並べると、ユーインとクロマルが目を丸くしている。

【さすがアナっ！　なんでもできる僕らのご主人様！】

尻尾をぶんぶん振って、今にもよだれを垂らしそうなクロマルは料理を見つめている。……魔物にも人間の料理が美味しく見えるのか。初めて知ったわ。

「……お前、使用人でもやっていたのか？　それともどこかのレストランでシェフをした経験が？」

ユーインからの圧迫面接が始まろうとしたところで、私たちはご飯を食べることにした。クロマルはがっつくようにダイナミックに料理に食らいつき、ユーインは——特になにも言わないが、スプーンとフォークが進んでいるってことは、口に合わなくはなかったみたい。私はそんなふたりを交互に見ながら、小さく笑ってスープを啜《すす》った。

それから食器を片付けて、お茶を飲んで休息していると、ユーインが私を寝室に案内してくれた。ひとりで寝るには十分なサイズのベッドが置かれている。そしてなんと、ユーインは私とクロマルに「ここで寝ろ」と言い出した。

「ユーインはどうするの⁉」

「俺はソファで寝る」

「だったら私がそっちで寝るから、ユーインがベッドで寝て？」

私の言葉に、ユーインは黙って首を振る。

「洞穴で寝かせようとしてたやつが遠慮するな。ソファだって、洞穴の冷たい地面よりは百倍マシだから心配いらない」

「……うっ」

そう言われてしまうと、うまい反論が見つからず。結局私は言われるがまま、ベッドで眠ることになった。

「ねぇクロマル、やっぱりユーインって——」

【あいつはアナに優しいだけ！　僕はいい人って思わないから……ね……】

「……クロマル？」

シャーッと毛を逆立ててユーインへの怒りを露わにしたところで、クロマルは柔らかなベッドの心地よさに負けたのか、すやすやと眠りについてしまった。

――怒涛《どとう》すぎて、あっという間の一日だったわ。

クロマルの寝息を聞きながら天井を見つめていると、私も知らぬ間に眠りに落ちていった。


次の日。

朝、窓から差し込む光が眩しくて目を覚ます。右側を見ると、クロマルが私に寄り添うようにしてまだ気持ちよさそうに眠っている。

「おはよう」

小声で朝の挨拶だけして、私はクロマルを起こさないようにそーっと起き上がると、寝室に置いてあった鏡を見て身支度を整える。といっても、服の皺《しわ》を伸ばしたり、髪を梳かしたりするくらいだ。

――ずっと同じ服を着ているわけにはいかないし、下着も必要だわ。……ユーインには言いづらいし、自分で布や服を調達しないと。

牢に入ってから、一度も家に帰れないまま追放されたせいで、身の周りのものを持ってくることができなかった。最低限の衣類だけでもどうにかして持って来ればよかったと、私は今さらながら後悔する。

「やることはたくさんあるけど、とりあえず……」

まずは朝食の準備ね。

キッチン兼リビングに続く扉を開けると、ソファにユーインの姿があった。クロマル同様、まだ寝ているようだ。

このとき、なぜか私の中の好奇心がうずいて、キッチンではなくソファにいるユーインの方へ方向転換してしまった。そしてユーインの寝顔を、間近でじーっと見つめる。

――綺麗な肌に長いまつ毛……。髪もサラサラだし……本当に綺麗な顔。

初めてオスカー様を見たときも、こんな美しい人は見たことがないと衝撃を受けたが――この世には、さらに上を行く存在があったのか。しかも、こんな場所で出会うとは不思議なものだ。ずっと王都にいたら、このことに気づかないままだったかもしれない。

すると、急にユーインの目がぱちっと開いた。

「ひあっ⁉」

ばっちりと目が合ってしまい、心臓が跳ね上がると共に変な声をあげてしまった。

「ち、違うのユーイン。偶然、そう、偶然ここにいただけで」

慌てて言い訳していると、ユーインはまたゆっくりと瞼《まぶた》を閉じる。次第に、規則正しい寝息も聞こえるように……。

——寝ぼけてただけか。びっくりした。

バクバクしている心臓に手をあてて、私はほっと胸を撫でおろす。そして改めて簡単な朝食を準備すると、ちょうどそのにおいで目を覚ましたユーインとクロマルにそれらを振る舞った。

一緒に食卓を囲みながら、ユーインに「今日はどうするか」と問われたため、私は昨日から決めていた答えを口にする。

「もちろん、今日もめげずに村人と交流して、魔物との確執をなくすわ」

こうして、私は住人たちの家が集まるエリアへと向かうことにした。昨日と違うのは、ユーインとクロマルという護衛を付けていないこと。しっかり考えて、やはり最初はなんとしてでも話を聞いてもらうこと、私を村人に受け入れてもらうことが重要だと判断した。だから、三人で行っては昨日の二の舞になると思ったのだ。

……とはいっても、相手が容赦なく石を投げ付けてきたこともあって、ひとりは危険。それを見越して、ユーインは隠れて私についてきてくれると言っていたが……辺りを見渡してもどこにいるかはちっともわからない。

——近頃の下級騎士は、スパイみたいに隠れるのも上手なの？

少々疑問を抱きながらも、ユーインがどこかで見守ってくれているならば心強い。そしてクロマルはというと、とある任務を頼んでいた。

それは、終末の村の森に住む〝いちばん偉い魔物〟……いわゆる、ボス魔物を見つけてもらうこと。

どの森にも、いちばん力が強いボスがいる。ほかの魔物はそのボスに従うという習性があるのだ。だからまずはボスを見つけて、その魔物を私の力で手懐けることができれば、ほかの魔物たちが村人を襲うことはまずない。

王都の森に棲む魔物に、国民を襲わないよう言い聞かせていたときも同じ手を使っていた。たくさんいる魔物を一匹ずつ探してテイムするのはたいへんなため、今回も同じやり方でいこうというわけだ。

「あ、あの……！」

相変わらずひとけのない村を歩いていると、背後から声が聞こえたので振り返る。そこには、昨日植木鉢に水やりをしていた女の子が立っていた。ベージュがかった茶色いセミロングの髪をふたつに結わえ、少したれ気味の緑の瞳が優しげな雰囲気を醸し出している。

周りを見渡してもほかに誰もいないってことは、これって――私に声をかけてくれている？

「突然話しかけてごめんなさい！　私、ここに住んでいるジェシカっていいます。年齢は十八歳で、ここに来たのは三年前……って、そんなことどうでもいいですよね。すみませんっ！」

「だ、大丈夫だから落ち着いてください」

私と同い年のジェシカと名乗る女の子はマシンガントークをしたかと思うと、今度は突然何度も頭を下げて謝り出す。緊張しいなのだろうか。というかこの名前――昨日、村人の誰かが口にしていたような。

「ごめんなさい。同年代の女の子と話すのは久しぶりで……あ、あの私、あなたにどうしても、伝えたいことがあって……それで……」

顔を赤らめて、視線を方々へ漂わせながら、ジェシカは必死に言葉を紡いでいく。

「昨日はみんながひどいことしてごめんなさい！　それと……野草と果物、ありがとうございます。私の勝手な解釈ですが……あれは、私たちに持ってきてくれたものなんじゃないかと思って。落とされた食べ物は、丁寧に洗っていただきました。久しぶりに新鮮なものが食べられて、嬉しかったです」

その言葉を聞いて、私はじーんと心が温かくなった。

――この子、食べてくれたんだ。昨日私が持ってきたおすそ分けを。

「あなたの解釈通りです。こちらこそありがとうございます。誰ももらってくれないと思っていたから、とても嬉しくて……ちょっと今、感動しています」

あんなに〝魔女〟と恐れられていた私に話しかけるのも、とても勇気のいる行動だったろう。それなのに声をかけてくれて、お礼まで言ってくれるなんて、感激のあまり涙が出そうなくらいだ。

「……あの、よかったら昨日のお礼にお茶をご馳走《ちそう》させてください！　私の家、すぐそこなので」

ジェシカはそう言って、私を家の中へと招き入れてくれた。

広さは昨日泊まらせてもらったユーインの家の半分以下しかない、小さな家だ。歩くたびに床がキシキシと音を立てる。部屋の中は殺風景で、あらゆるところになにかが詰まった小瓶が置かれていた。それと、干した野草や果物が並んでいる。

きっとこうして保存期間を伸ばして、危ない森へ行かなくていいようにしているんだ。ここで安全に生きていくために、みんな知恵を働かせているんだわ。

空いたスペースに適当に座らせてもらっていると、ジェシカが淹《い》れたてのお茶を運んできてくれた。この世界で嗅いだことのないにおいがする。紅茶というより、前世でよく飲んでいたお茶に近い香り。

「野草をブレンドした、私のオリジナルティーなんです。温まりますよ。それに、喉にもいいんです。お口に合えばいいんですけど……」

「へえ。オリジナルだなんて興味がありますわ。では、いただきます」

木製のカップを手に取ってお茶をひとくち飲むと、懐かしい味が口内に広がった。日本の緑茶みたいな味だ。

「……美味しい」

ほっと一息ついて呟くと、ジェシカは嬉しそうな顔をして、自らもお茶をごくりと飲んだ。

「あ、自己紹介が遅れてごめんなさい。私はアナスタシア・エイメス。いろいろあって昨日からここの住人になりました。同い年だし、気軽に仲良くしてくださると嬉しいです」

「……えっ？　エイメスって……あの大聖女様の家系の？」

「ええ」

なにも気にせず頷くと、ジェシカは驚きで口をあんぐりと開けたまま一歩あとずさる。

――忘れていたけれど、私の家ってこの国じゃあ結構名のある家だったわ。

うっかり家名まで名乗ったのは失敗だったと思ったが、もうどうしようもない。

「どどど、どうしてそんなところのお嬢様がこんな場所へ……」

「婚約者と妹に冤罪《えんざい》をかけられてこのザマです。おほほほほ」

明るく振る舞いお茶をもうひとくち飲んでみる。そんな私を、ジェシカは奇異の眼差しで見つめていた。

「でも気にしないでください。私、ここへ来られたことは幸運だと思っているんです。だってここは自由。ありのままの私でいられるんですもの。もう……できる妹と落ちこぼれの〝姉〟と、世間から後ろ指を差される心配だってございません」

今だって、とっても体が軽いし、なによりお茶が美味しく飲める。屋敷にいた頃は、こうやって心からお茶を楽しむこともままならなかった。

「清々しい表情……アナスタシア様は、本当にそう思われているんですね。とても強いお方で……尊敬してしまいます。私なんて、追放されたばかりの頃は毎日泣いて、全身が震えて、なにもできませんでした。だから……得体のしれないあなたのことを怖いと思いつつも、手を差し伸べたいって強く思っていたんです」

「……だから私に話しかけてくれたのですね」

ジェシカは過去の自分と私を重ねていたのだろう。

「私からこんなことを聞くのははばかられるけど……あなたはどうしてここへ？」

話をしていても、ジェシカがなにか悪いことをしたとは思えない。ひとりでここへ追放されるなんて、いったいどんな事情があったのだろうか。

「……私は平凡な田舎育ちの娘だったんですけど、ある日両親が事故で亡くなって、親戚の子爵家に引き取られたんです。そこで肩身の狭い生活をしていたんですが、叶えたい夢があったからなんとか頑張っていました」

「夢？」

「はい。薬師になることです。昔から植物に興味があって、町の薬屋さんがいろんな薬草を潰して調合しているのを見てから、その真似事をしていました。……義理の両親は私をさっさと嫁がせることしか考えてなかったので、全部独学なんですけどね」

苦笑するジェシカを見て、私はこの家にたくさんある小瓶の中身がやっとわかった。あれらは全部、ジェシカが調合した薬たちだ。

「ある日、私の作った薬が町で流行った疫病に効いたんです。それで私の薬が王都でも量産されることになったんですけど……町の医者は、その手柄を自分のものにしたかったんでしょう。知らぬ間に私の両親に賄賂を渡して、私の薬はその医者の手に渡ったんです。そしてさらには、私が自分の手柄にしようと疫病を流行らせたなんて嘘まで吐いて……」

「つまり、疫病の流行を自作自演ということにされたと？」

ジェシカは悔しそうに小さく頷いた。なんてひどい話なのか。聞いているだけでも胸が締め付けられる。三年前にここへ追放されたってことは、当時のジェシカは十五歳。そんな少女を大人たちが陥れるなんて信じられない。この世には、どこまでも腐っている人間があちこちにいるのだと悟った。

「なにかの拍子に真実がバレるのを恐れたんでしょうね。町の医者はそこそこの権力者でしたから、子爵家も相当な額を積まれたのだと思います。そして私はそのままここへ追放――そして、今に至ります」

「じゃあ、あなたも冤罪をかけられて……というかここって、そういう人ばかりだったりして……」

「はい。本当の犯罪者はきちんと牢に入れて処罰されますから。ここは一部の上流階級の人間が不必要だと判断した者や、貧しくて税金を払えず国から見放された人がたどり着く最後の場所です」

　正式な処刑をするには値しないが、国がその存在を亡くしたいと思った人たちの追放先。それが〝終末の村〟――か。どうやら私が思っていたよりずっと、ここの住人たちが背負う闇が深そうだ。そして、この国も。権力者やずる賢い者だけが甘い蜜を吸える国なんて、どこが平和なんだろう。貴族という権力者側の立場にいるときは、この闇を知ることすらなかった。

「みんなここでなんとか生活しているけど、魔物がいつ出るかわからないし……食料を得るために森に入って怪我をした人もたくさんいて、すっかり心が折れちゃっているんです。だから……」

「だから、私への無礼を許してほしい――と？」

「……は、はい。村人を代表して、私からのお願いです」

　眉を下げ、今にも泣きそうな顔をするジェシカ。私はそんなジェシカにふっと小さく微笑みかける。

「ふふっ。許すもなにも怒っていません。私もやり方を間違ったと思うし……」

「……アナスタシア様」

「ねぇ。ジェシカって呼んでもいい？　同い年だし、堅苦しいのはなしにしましょうよ」

　ずいっと身を乗り出して、私はジェシカに提案してみる。

「えぇっ。私はなんと呼ばれてもいいですが。そんな、私のようなものが、あのエイメス家の聖女様に――って」

言いながら、ジェシカはあることに気づいたようだ。

「あ、あのぅ……もしかして、アナスタシア様は聖女として目覚めているのでしょうか？」

聖女だったら追放するわけないだろうと、ジェシカは内心思っているはず。それでも僅かな疑問と希望を抱き、私に質問しているのだと思う。

「……ええ。私は聖女よ。どうやら王都では、ほとんどなにもできない〝役立たず聖女〟と思われているみたいだけれど」

「！　この村に聖女様がいらっしゃるなんて……みんなが聞いたら喜ぶと思います！　だって聖女様の結界があれば、もう魔物の襲撃を恐れずに済む……！」

ジェシカが歓喜の声をあげる。よほど魔物に脅かされてきたのだろう。結界もずっと張られていないのなら、魔物たちも外に出放題だったろうし。

しかし、私の持っている力は聖女のそれだけではない。

「その魔物についてなんだけど、実は私、もうひとつ特別な力があって――」

「ああっ！」

私が魔物使いの力のことを打ち明けようとしたそのとき、ジェシカが時計を見て大きな声をあげた。

「いけない。ギーさんのところに薬を持っていかないと。ごめんなさいアナスタシア様、十分ほどお待ちいただいてもよろしいでしょうか」

「構わないわ。……よかったら、私も一緒に行っていい？　ほかの村人たちとも仲良くなりたくて。あと、聖女の私にできることがあるかも」

「それはそうですね！　ぜひ一緒に行きましょう！　昨日の誤解も絶対に解けるはずです」

ジェシカの厚意で、私もギーさんの家へ行かせてもらえることになった。その道中、衣類が足りていない話をすると、ジェシカは着ていない服や布を分けてくれると言ってくれた。しばらくは色気のない手作り下着を着ける羽目になりそうだが、誰にも見られないので大丈夫だろう。……間違ってもユーインには見られないようにしなくては。

「こんにちはギーさん。おばさまの薬を持ってきました」

ジェシカが扉をノックするも返事はない。

「……おかしいですね。いつもこの時間にはいるはずなのに」

扉に手をかけてみると、どうやら鍵は開いているみたいだった。返事がないまま入るのは少し躊躇《ためら》いがあったが、いつも来ていることもあってかジェシカはあまり深く考えていないようで、ずかずかと家の中へ入って右奥にある扉を開ける。私が慌ててついていくと、そこには布団の上で寝ている五十代くらいの赤い髪の女性の姿があった。……この髪色とそっくりな色を、昨日見た気がする。

「ロラおばさま、具合はどうですか？」

「ああ、ジェシカちゃん。……それと」

「初めまして。アナスタシアと申します」

ゆっくりと上体を起こして私を見るロラさんに、私はぺこりと頭を下げる。

「アナスタシアちゃん。これはまぁ、綺麗なお嬢さんがこんなところに」

ロラさんはジェシカに負けず劣らず優しい笑みを見せた。ずっと同じところで寝たきりなのか、来ている寝間着も毛布もすっかりくたびれている。

ジェシカは慣れた手つきで薬をお湯に溶かすと、ロラさんの口に運んだ。薬を飲む瞬間、ロラさんの眉間に皺が寄った。……あの薬、相当苦いとみた。

「いつもありがとうねジェシカちゃん」

「いえ。……少しはよくなりました？」

「薬を飲めば症状は落ち着くようになったよ。でも、今日は少し熱っぽくてね……」

額を押さえてロラさんが言う。私はロラさんに近づいて、ユーインにしたようにロラさんの額に自らの手のひらをかざしてみた。

「……すごい。一気に身体が熱くなくなった。すごい。まるで魔法だね」

「魔法ですよ。ロラさん」

驚いて私を見るロラさんを見て、くすりと笑ってみせる。聖女の光を目の当たりにして、ジェシカも両手で口を覆って驚いていた。

「聖女様って、やっぱり神様みたいな超越した力をお持ちなのですね。聖女様がいらっしゃれば、私の薬なんて必要ないんじゃあ」

「それは違うわジェシカ。聖女の力も万能じゃないの。傷を時間をかけずに治したり、具合が悪い状態から回復させたりすることはできるけれど――病気自体を治すことは難しい」

軽度の風邪くらいなら、本人の回復力によってそのまま治ってしまうこともあるが、持病や重い病気を聖女の光で治すことはできないのだ。

「だからあなたの薬は、この村に……いいえ。この世界に絶対必要なのよ」

「……アナスタシア様」

ジェシカは空になった小瓶をぎゅっと握って、私の方を真っすぐと見つめた。

「……それにしても、ギーは帰ってくるのが遅いねぇ」

窓の外を覗《のぞ》きながら、ロラさんがぽつりと呟く。

「ギーさん、どこかへお出かけされたんですか？」

「食べ物が底をついたから、東の森で狩りをしてくるって。最近は魔物の数も増えたって聞いていたから、止めたんだけど。……まさか、魔物に襲われたりしてないかしら」

ジェシカの質問に、ロラさんが心配そうに答えた。正直、襲われていないとは言い切れない状況に、部屋の中に不穏な空気が漂い始める。

「私、ギーさんを探しに森へ様子を見に行ってきます」

いてもたってもいられなくなり、私はふたりにそう告げた。

「有難いけど、森は危ないんだよ。アナスタシアちゃん」

「ご心配ありがとうございますロラさん。でも私、平気なので」

「へ、平気って。アナスタシア様、危険です！　武器もなく森へ入るなんて！」

「大丈夫だから。……さっき言ったでしょう？　私はもうひとつ力があるって」

ワンピースの裾についたほこりを払い、私は扉に手をかけると、振り返ってにこりと笑って言う。

「私、〝魔物使い〟なの」

呆気に取られているふたりをよそに、私は走り始めたのだった。


ロラさんの言葉を頼りに、私は村の東に位置する森へ向かった。ちなみにクロマルと出会ったのは北側に位置する森だ。

ここまでジェシカとロラさんの家を訪れていたけれど——ユーインはまだちゃんと私を追いかけてきてくれているのだろうか。というか、私もジェシカと話しているあたりからユーインのことをすっかり忘れていた。振り返ってはみるものの、やはりユーインの気配はまったく感じられなかった。

「ひとまず、ギーさんを見つけないといけないわ」

口ぶり的にもギーさんはロラさんの息子だろう。そして、その息子が誰なのかは髪色で大体察しがついている。

親子でここに追放され、ロラさんが身体を壊し、ギーさんが看病している……という感じだろうか。

病気を患っても支援もなにもない。ましてや医者がいるわけでもない。それが終末の村だとわかっていても、この村でこれまでどれだけの人が治療をされぬまま亡くなったのかを考えると、悲しくてやりきれない気持ちになる。

せめて私の力で救える人は、これから救っていきたい……。魔物の被害だって。

ジェシカの話を聞く限り、ここの人たちは私と同じ。だったら放っておくことは、楽しい村づくりという目的がなくともできないに決まっている。

「誰か！　誰かいないのか！」

森の中を進んでいると、少し先の方から男の人の叫び声が聞こえた。きっとギーさんだろうと思い、私はずんと重くなる足をなんとか速めて精一杯声のした方に向かって走る。

「助けてくれ！」

やっと視界が開けたかと思ったら、予想通り、昨日最初に私に石を投げた赤髪の男性がひとり、地面に這《は》いつくばって大きな影から逃げている光景が飛び込んできた。

――あの人がギーさんで、この大きな影の正体は……。

上を見ると、紫がかった黒い毛をした双頭の巨大魔物がいる。これは上級魔物のオルトロスだ。有名な番犬、ケルベロスの弟分ともいわれている。普通に退治するとなれば、それなりに腕のある剣士や魔法使いの力を要するだろう。

「オルトロス、止まって！」

私は基本的に魔物と姿を互いに認知しあい、心を通わせることで魔物を従わせる力を発揮する。しかしオルトロスは目の前のギーさんしか見ておらず、距離もあるせいか私の声は届いていない。

どちらか一方だけでも私を見てくれたらいいのに、これじゃあギーさんがやられちゃう……！

「……ユーイン！」

無我夢中で、私はその名前を呼んだ。するとものすごい速さで誰かが茂みから飛び出し、間一髪のところでギーさんを抱えてオルトロスの攻撃を避けた。

「……呼んだか？　アナスタシア」

「はぁっ……はぁっ……呼んだわ。ていうか、もっと早く出てこられなかったの？」

ギーさんを抱えたまま涼しい顔で私を見るのは、当然護衛騎士のユーインで。私は息を切らしながら、あまりにギリギリの救出になったことに不満を漏らした。

「当然、言われなくても出て行くつもりだった。その場合、違う助け方をしていたかもしれないが」

「……魔物にむやみに手を出すのはやめてって言ったでしょう」

「こういった場合はやむを得ないと判断する。まぁ、結果的にどちらも傷ひとつないのだから
いいだろ」

それはそうだけど――って、今はユーインと口論をしている場合ではない。

「オルトロス！」

私は改めて魔物の名前を呼ぶ。すると、今度はしっかりと四つの三白眼が私を捉えた。

「は、早く逃げないと、襲われる……！」

「大丈夫だ。見てろ。世にも奇妙なやり取りが見られるぞ」

近くでギーさんの怯える声が聞こえたが、ユーインが宥めてくれていた。その間にオルトロ
スと意思疎通を試みる。私を魔物使いのアナスタシアだと判断したオルトロスはすぐに大人し
くなり、だらんと体勢を崩した。まるで安心しきった犬だ。

【アナスタシア、噂は聞いている】

【まさかこの森で会えるとは】

ふたつの頭がそれぞれ私に語りかけ、頭を下げて鼻で私の頬をつんとつついた。

「よしよし。いい子ね。ふふっ！　私も会えて嬉しいわ」

両手で二体の頭を撫でてみる。クロマルよりは硬い毛質をしているが、身体が何倍も大きい

からか、もふもふ度はこちらの方が高い。この双頭に挟まれたらもふもふ天国を味わえるのではないか。

「……ど、どうなってるんだ？　やはりこの女は人間の姿をした魔女なんだな⁉」

「だとしたら、彼女は石を投げてきたお前を救おうとはしないはずだろう。俺はお前を救ったが、それは彼女の意思でもあったのだから」

「じゃあ、なんで……」

もうちょっとオルトロスとの時間を楽しみたいところだが、そろそろギーさんの混乱を解かないと。ユーインも私の口から言わせようと思っているらしく、だから不思議がっているギーさん相手に口をつぐんでいるに違いない。

「私、特別な力があって――」

【アナー！】

魔物使いのことを打ち明けようとして遮られるのは本日二度目だ。

「クロマル！」

別の仕事を任せていたクロマルが、ユーイン同様茂みから飛び出してきた。クロマルはそのまま私の胸に勢いよく飛び込んでくる。

【やっとどこにいるか見つけたよ！　この森のボスはオルトロス様なんだけど……さっきこっちに向かってて……】

「そうね。たった今挨拶したばかりよ」

【えっ？　えぇっ！】

クロマルは私の腕の中で慌てふためき、隣で大人しく座っているオルトロスを見て驚愕《きょうがく》していた。気づかず私めがけてきたのかと思うと、このドジっぷりがますます愛らしく思える。

「オルトロスを見つけた瞬間、そうじゃないかなとは思っていたの」

【先に見つけられるなんて、アナの役に立てなかった……】

「そんなことないわ。いっぱい走ってここまで来てくれたんでしょう？　ありがとう」

しょぼんとするクロマルを撫でて頬に軽くキスをすれば、あっという間にクロマルの機嫌は治った。

「ほらな。言っただろう？　世にも奇妙なやり取りが見られると」

「……これは夢か？　俺はなにを見せられているんだ？　魔物って……こんなに人間に懐くもんだったのかよ……」

力が抜けるように、ギーさんがへなへなとその場に座り込んで項垂れている。その様子を見た私はクロマルを一旦腕から下ろすと、ゆっくりとギーさんのもとへ行き手を差し伸べた。

「それは全部、帰りながら説明します。一緒に村に帰りましょう。お母様が心配されていましたよ。ギーさん」

「……！　俺の母親に会ったのか？」

ギーさんの赤い三白眼が、大きく揺れる。

「ええ。薬を届けるジェシカと一緒に。安心してください。変なことはしていませんから」

にっこり笑いかけると、ギーさんはバツが悪そうに一度視線を逸らしたものの、私の手を取って立ち上がってくれた。


ユーインとクロマルを連れて村へ戻ると、家の前でジェシカとロラさんが待ってくれていた。

「母さん!?」

その姿を見て、すぐさまギーさんがロラさんのもとへ駆け寄る。

「無事だったのね。よかった」

「ああ、俺は無事だけど……それより外に出て大丈夫なのか？　最近じゃあ立ち上がるのもつらいって……」

「そう。それがねぇ、今日はとても調子がいいの。聖女様が回復してくださったから、ジェシカちゃんの薬の効きがよくなったのかもしれないわ」

ロラさんの両肩に手を置いて、心配そうに身体を労わるギーさんだったが、ロラさんは元気そうだ。さっきよりも顔色がよくなっている。

「アナスタシア……聖女ってのも本当だったのか」

私は無言で頷く。

ギーさんには帰り道で、私が聖女兼魔物使いであることを話していた。ギーさんは半信半疑のようだったが、ロラさんの話を聞いてやっと信じてくれたようだ。

「聖女だって⁉　村に聖女が来たのか⁉」

騒ぎを聞き付けたのか、いつの間にか私たちの周りには村人が集まって来ていた。ざっと見るだけでも二十人近くいる。

「なんだ。本当にこんなに住人がいたんだな」

私が心の中でひそかに思っていたことを、ユーインがあっけらかんと口にした。

「ギー、ジェシカ、本当なの？」

村人のひとりが問いただすと、ふたりは顔を見合わせて静かに頷いた。

「だって、この女は魔女だって言ってたじゃないか。現に今だって魔物を連れてる」

「それなのに聖女ってどういうこと？」

一気に周囲がざわつき始める。ちょうどいい機会だ。ここで一気に説明してしまおう。私という、ややこしい能力を持った人間について。……前世の記憶があることは、関係ないから黙っておこう。余計、変な子だと思われちゃう。

「改めまして、終末の村の皆様に自己紹介いたします。私、アナスタシアと申します」

自己紹介から始まり、私は自分が聖女と魔物使いの二足の草鞋《わらじ》を履いていることを伝える。

ここへ来た理由は、お決まりの〝婚約者と妹に冤罪をかけられた〟だけ言って。誰も私の婚約者がオスカー様だとは夢にも思わないだろうが、ややこしくなるから知られないままでいい。

それにここにいる人たちは、こんな場所を作った王家をきっと恨んでいるはずだ。

「俺はとある任務を請け負っただただの下級騎士だ。わけあってこいつの護衛をしている」

ひと通り説明したあとに、ユーインも付け加えるように簡単すぎる自己紹介をした。クロマルのことは私が軽く説明しておいたが、みんな大人しい魔物になんともいえない視線を送っている。怖いような、よく見ると可愛いような……そんな感じの視線。

「私、ここで生まれ変わろうって決めたんです。もちろんいい方向に。だから魔物と人間が仲良く暮らせる楽しい村づくりをしようと思っています。皆様もぜひ、力を貸してください！」

――やっと言えた。私の目的を。

ひとりで感動しつつ、どんな反応が返ってくるのかを期待した……が、びっくりするほどしーんとした空気が続いている。

「……そんなの無理に決まってる。ひとりでやってくれよ」

誰かがそう言うと、同調するように次々と村人たちが反論し始めた。

「こんな場所を今さら楽しい村にだって？　あんたはわかっていない。終末の村は国がいらなくなったものを捨てるゴミ箱みたいなもんだ」

悔しそうな顔が並ぶ。それぞれが、ここへ来ることになった複雑な背景があるのは重々承知の上だ。絶望していて、現実に立ち向かう気力も失せているだろう。しかし、もうここはこれまでの終末の村ではない。なぜなら、私が変えると——ここから第二の人生を歩むと決めたから。

「だったら、私たちでそのゴミ箱を楽園にしてしまえばいいじゃありませんこと！」

重苦しい空気を一刀両断するように、声高々に言い放つ。ああ、吹き抜ける冷たい風が気持ちいい。

「な、なに言ってんだこいつ」

村人たちは、最早私をただの変人だと思い始めているようだ。視界の隅っこでは、ユーインが俯《うつむ》いて肩を震わせている様子が映った。

「ふざけるな！」

突如、空を切るような怒声が響き渡る。声の主はギーさんだった。顔を真っ赤にして、感情を昂《たかぶ》らせているように見える。

「そりゃあお前はいいさ！　その特別な力を持ったままここへ来たんだからな。俺は一年前……ここで魔物に襲われて、大事な右腕を負傷した。そのせいで……」

ギーさんは右腕を押さえて言葉を詰まらせた。最初は怒りに満ちていた声色も、次第と涙交じりになっていった。——ギーさんは魔物に受けた傷により、大事にしていたなにかを失ったのかもしれない。

私は無言でギーさんに近づくと、茶色い染みがこびり付いたシャツの右袖を捲《まく》った。そこには痛々しい大きな縦一直線の傷跡があった。

「……これのせいで、右腕をまともに上げることもできない」

「そう。一年経った今でも痛むのですね。ギーさんは……よく耐え抜いたと思います」

私はその傷に手をかざし、聖女の光を発動する。

「いくら聖女でも、一年も経った傷は──っ⁉」

ギーさんの言う通り、年月が経てば経つほど傷を治すのは難しくなる。できることなら、傷を受けたら早急に聖女のもとへ行くのがいちばんの得策だ。

「治った……？　そんな……こんな古傷を治せる聖女は、かなり上級クラス……」

「アナスタシア様は、あの大聖女アリシア様の血を引いているんです」

「ジェ、ジェシカ……！」

ここでは色眼鏡なしで見られたかったから、それは内緒にしておいてほしかったのに。

「……そんな聖女が追放される？　国はなにを血迷ったんだ？　それとも、お前は相当なことをやらかしたのか？」

「いいえ。ただひとつ言えるのは、王都の人々は本当の私をなにも知らないということだけです」

ずいぶん遠回しな言い方になったが、わかる人にはわかるだろう。

「ギーさん。あなたはまた、この右腕が使える。……ここにいるほかの人も、ずっと使えずにいるものがあったりするのでは？」

微かに瞳が揺れた人が数名いたのを、私は見逃さなかった。

「さてと。明日から私は勝手に魔物たちと村づくりを始めますが、気が向いたら手伝ってください！　今後魔物は絶対に皆さんを襲いませんので、ご心配なく！」

これ以上、今の私が伝えられることはない。私は取り囲む村人たちの隙間を抜けて、ユーインの家がある方へ歩き出した。ロラさんだけが、にこやかに私に手を振ってくれていた。


次の日。

昨日よりも早く目が覚めた。壁にかかっている時計を見ると時刻は六時。二度寝してもいいが……今日は動いていないと落ち着かない、そんな気分だ。

【うーん……アナ？】

私がもぞもぞと身体を動かしたせいか、一緒に寝ていたクロマルも目覚めてしまった。

「早めに村へ行ってみようと思うんだけど、一緒に来る？」

そう聞くと、クロマルは眠たげな目を擦《こす》りながら頷く。本当はまだ寝ていたいんだと思うけど、ユーインとふたりきりにするのは私もまだ怖い。クロマルも同じ思いなのだろう。

私は寝ているユーインのために簡単な朝食を作り、置き手紙を残してそーっと家を出て行った。ユーインも疲れているだろうから、今日は朝の護衛の仕事を休ませてあげよう。

【なんでこんな早く村に行くの？】

クロマルがあくびをしながら私に尋ねる。

「村づくりを始められると思うと……なんだかそわそわしちゃって」

まるで遠足前の子供みたいだわと、自分で笑ってしまう。

「……ん？　あれって」

村へ着くと、はしごをかけて屋根の上に登っているギーさんが見えた。右手には金槌《かなづち》を握っており、壊れた箇所の修復作業を行っている。

ギーさんの家まで走ると、作業中にもかかわらず名前を呼んでしまった。上を見ると、ギーさんが屋根の上から顔を覗かせた。

「……ギーさん！」

「おはようございます！　朝からなにをしているんですか？」

「……それはお互い様だろ」

面倒くさそうに呟くギーさんは、昨日まで長袖のシャツに動きやすそうなパンツ姿だったのに、今日は上は黒のタンクトップ、腰の辺りで作業着のつなぎの袖部分を結んでいた。

「ギーさん、単刀直入に言わせていただきますが……」

「な、なんだよ」

「とてもいい身体をしていますね」

「はぁっ⁉　なに言い出すんだよ急に！」

ギーさんは昨日とは別の意味で顔を真っ赤にして、屋根の上でバランスを崩しかけていた。

「いや、腕の筋肉が素晴らしいというか。実は昨日、傷を治す際に触ったときもちょっと思ってて……」

「……まぁ、小さい頃からずっと大工になるための修行してたからな」

「なんと！　ギーさんは大工さんだったのですね！」

両手を合わせて、私は納得の声をあげた。同時に、昨日言い淀んでいた理由もわかった。利き腕を負傷したことにより、ギーさんは誇りを持っていた大工の仕事を奪われてしまったんだ。

「ここに来る前は、結構いいところで働いてたんだぜ。だけど事故を起こして、その罪を全部背負わされて……母さんともどもこのザマだ。最初はこうやっていろんなやつらの家を直してやってたけど、魔物に襲われたせいでその気力すらなくなった」

私と喋りながら、ギーさんは作業を再開する。カンカンとクギを打ち付ける音が、静かな村に朝が来たことを知らせるように響く。

「だけど今こうしているってことは……またその腕を振るう気になってくださったと受け取ってよろしいですか？」

「……勝手にしろ。お前に救ってもらった右腕だ。だったらお前のやることに貢献して恩返しするほかねぇ」

「ということは、村づくりに協力してくれるんですね⁉」

「……まぁ、な」

ギーさんはこちらに背を向けたまま、一旦手を止めると、聞こえるか聞こえないかわからないくらいの声量で答えた。

「ありがとうギーさん！　私のことはアナって呼んで！」

「急にフランクだな……なんだか調子が狂うぜ。こんなに元気なやつがいると」

朝から村に来てよかった。こんな素敵なことが起こったんだもの。

「アナスタシア様、ギーさん！」

私が両手を挙げて大喜びしていると、後ろからジェシカの声が聞こえた。

「ジェシカ、おはよう！　聞いて。ギーさんが村の復興を手伝ってくれるって！」

「ええ。懐かしい音が聞こえたから、私もたまらず出てきてしまいました。……もしかすると、少々近所迷惑かもしれないですけど」

そう言ってジェシカは苦笑する。実際にギーさんのご近所さんであるジェシカが言うのだから説得力がある。だがギーさんはそんなことお構いなしという感じで作業を続けている。ギーさんもはやる気持ちを抑えきれずそわそわして仕方なかったのかもしれない。

「アナスタシア様、私も昨日あなたの話を聞いて、もう一度ここで頑張ることに決めたんです！　これまでは魔物が怖くてあまり森に薬草を探しに行けなかったけど、もう我慢しなくていいんだって思うと……なんだかわくわくして。こんな気持ちは久しぶりです」

ジェシカは興奮冷めやらぬというふうに、昨晩思いついたという新たな夢を私に語ってくれた。それは、この森の薬草を使って、新たな薬を作るという夢だった。ジェシカらしい素敵な夢に、聞いている私まで気分が高揚してくる。

「終末の村には、まだまだこの国では知られていない薬草が眠っているかもしれません！　だから私、さっそくこれから採りにいってきます」

「あ、だったら森の道案内にこの子を連れて行って。迷ったときに、きっと役に立ってくれると思うわ」

私は足元でまだ寝ぼけているクロマルを抱き起こす。

「クロマル起きて。それと、今日はジェシカの護衛に付いてくれる？　薬草がありそうなところに案内してあげて」

【！　仕事だね。わかった！】

仕事を与えた瞬間クロマルは覚醒し、ぴょんっとジェシカの近くに飛び降りる。

「ありがとうございますアナスタシア様！　えっと、クロマルくんで合ってるかしら。よろしくお願いします」

ぎこちなくクロマルに挨拶すると、ジェシカはそのままクロマルと一緒に森へ向かっていく。

――さてと。私も働かないとね。

「ギーさん、この村にほかに大工さんはいる？　できたら壊れた建物を順番に修理していきたいんだけど……」

「いいや。力仕事ができる男は数名いるけど、補佐をさせるには足りないな。全部直すとなると、終わるのはいつになるやら……」

「じゃあ私が補佐になれそうな魔物を探して連れてくるわ！」

物を持たせるから、人型の魔物がいいわよね。オークやオーガがいれば役に立ってくれるかも。魔法使いがいれば土魔法でゴーレムを造ってもらったりもできそうだ。この村にいたら頼んでみよう。

こうして、私はまず人型魔物探しを開始した。東の森方面にはいなかったから、反対はどうだろう。そう思い森の中を根気よく歩き続けていると——ビンゴ。二体のオーク、一体のオーガ、帰り道に会った三体のゴブリンも手伝ってくれるというので、私は合計六体の魔物を連れてギーさんの家まで戻った。

「彼の仕事を手伝ってくれる？　ものすごい大工さんなの」

私が言うと、魔物は嫌がる素振りもせず揃って頷く。

「やっぱりまだ慣れないな。この光景……」

ギーさんは魔物と人間が仲良くやっている姿に、未だ慣れていないらしい。だけどこれからは仕事仲間だ。一緒に仕事をしていれば、自然と親交も深まるだろう。

「そ、それじゃあ、木材を集めてきてほしいんだが。いちばん力のあるやつは残って俺の補佐を頼む」

魔物たちはギーさんの言うことを聞いて、各々仕事に出かけた。残ったオーガとぎこちなく会話するギーさんをしばらく見守って、私は新しい仕事を探しに行くことにした。

この村はとにかく魔物や災害によって荒れ果てた場所が多い。二十人以上の人が住んでいるのに、大きな畑がひとつもないのが気になる。さっき荒れた畑が放置されているのを見かけたので、どうにかしてそれを復活させたいのだが――。

「アナスタシア。ここにいたか」

「きゃっ！　もう、突然現れないでよユーイン」

「お前こそ突然消えるな。護衛というお前の奇行を観察する、俺の楽しみを奪われちゃあ困る」

荒れた畑へ向かう道中立ち止まっていると、家に置いてきたはずのユーインが背後からひょこりと現れた。……というか、護衛志願の裏にはそんな理由が？

「ごめん。よく寝てたから。でも早起きした甲斐《かい》があったわ。ジェシカとギーさんが村づくりのために動き出してくれたの」

「ああ、さっき見たよ。お前を見て魔女だと石を投げたやつが、今や魔物と仲良くやってる。変な光景だ。……魔物に傷付けられたってのに、あんなにあっさり協力できるなんて、俺には理解できない」

ギーさんの家がある方を見ながら、ユーインは冷たい声でそう言った。

「でも、魔物だって人間に傷付けられてる」

「勝手に人間界を荒らしてるのは向こうだろ。傷付けられたって仕方ない」

「……そうかもしれないわ。でも、どちらかが許す気持ちを持たないとなにも変わらない。無論、ユーインみたいな意見があって当然だとも思う。私は……あなたの気持ちを否定はできないもの」

私だって、今後もしオスカー様やアンジェリカに謝罪をされたとしても、許せるかわからない。また仲良くしようとは、今のところ二度と思えないだろう。

出会った頃からユーインは魔物に憎悪を抱いていた。ユーインの過去になにかあって魔物をここまで嫌うようになったのだとしたら、私にその気持ちが理解できてしまう。

「……いや、悪かった。特殊な立場のお前に、文句を言っても仕方なかったな」

私がひとり思い悩んでいると、ユーインがぽんっと私の頭の上に大きな手を乗せた。そして髪を少し乱暴にくしゃりと撫でると、手を離して歩き始める。

「それで？　これからの予定はどうなってるんだ」

「え、ええっと、そう！　近くに荒れた畑があるの。そこをちゃんとした畑に戻したくて」

危険が伴わなくなったとはいえ、食料が尽きるたびに森へ探しに行くのは時間も労力もかかる。村人みんなで管理できる畑をいくつか作ることができたら、だいぶラクになるはずだ。

「畑って――ここか」

数分歩くと、荒れた畑を見つけた。

「結構大きいな。ふたりで耕すとなるとなかなかの重労働だぞ」

「そうよね。それじゃあここも魔物に――」

「却下。魔物と仕事をするなら俺はやらない」

「えぇっ⁉」

クロマルは共に行動する護衛だから百歩譲って許容するが、ほかの魔物はダメってこと？

私がおろおろしていると、ユーインは「そもそも護衛の仕事に畑作業は入っていない」と追い打ちをかけてきた。

「なにしてるの？　アナスタシアちゃん」

どうしようと思っていると、ちょうどいいところにひとりの村人が現れた。

藍色の髪をした、スラッとした二十代くらいの男性で、とても明るいさわやかな笑顔だ。こんな陽気そうな人、この村にいたんだ。私の名前を知ってるってことは、昨日ギーさんと揉めたときその場にいたってことよね？

「あ、こんにちは！　今、この畑を元に戻そうと思って……どうするのが最善か悩んでいたんです」

「へぇ。楽しい村づくり、本気だったんだね」

「もちろん。よかったら協力してくれると嬉しいです。ええっと……」

「僕はロビン。ここへ追放されて二年半。よろしく」

友好的に私に握手を求めてきたこの男性は、ロビンさんというようだ。細身の体型からして力仕事はあまり得意そうではないが、ロビンさんも手伝ってくれるなら、ユーインと合わせて三人。そうなると、今日で作業を終えられる道筋が見えてきた。

「僕がなにを手伝えば、君は嬉しいのかな？」

「ひとまず畑の土を耕して、形を整えるところから始めようかと。だからぜひ、そのお手伝いをロビンさんに……」

「なるほど。わかったよ」

ロビンさんはふたつ返事で快く引き受けてくれた。

「私、道具を借りて――」

「アナスタシアちゃん。その必要はないから、ちょっと離れててくれる？　……そこの護衛の君もね」

「えっ……？」

私とユーインにウインクを飛ばして言うロビンさん。そんなロビンさんを見て、ユーインはあからさまに嫌そうな顔をする。……私の勝手な考えだけど、このふたり、相性があんまりよくない気がするような……。

「うん。準備オッケー！　始めるよーっ！」

言われた通り畑から離れると、ロビンさんは畑の前でこちらに向かって手を振りながら叫ぶ。

始めるって、いったいなにを？

するとと、ロビンさんが両手を前に出した。その両手のひらに操られるように、荒れた畑の土がみるみると姿を変えていく。呆気に取られながらその光景を見ていると、ぐちゃぐちゃで干からびていた土は、いつの間にか耕したてほやほやの土になっていた。

「ねぇ、畑を復活するなら、種とかは準備してるの？」

「へっ？　は、はい。少しですけど……」

「それじゃあ、一旦それも僕に渡してくれるかい？」

ユーインの家で食べた果物の種や、さっき魔物に協力してもらって集めた野菜の種をロビンさんに渡す。ロビンさんはまた手を動かして、種を浮かせて均等に幅をとって土に埋めたかと思うと、今度は畑に水をまいた。

「……すごいわ！　魔法みたい！」

「どう見ても魔法だろ。あの男は魔法使い。しかも、中級以上の」

冷静にユーインにつっこまれて、やっとロビンさんが魔法使いだと理解した。薬師のジェシカ、大工のギーさんに続いて――中級レベル以上の魔法使いまでいるなんて。実は終末の村は、かなりの逸材揃いなのではなかろうか。

「素晴らしいわロビンさん！　一瞬で終わらせちゃうなんて！」

「本当？　僕ってすごい？　かっこいい？」

「ええとっても！　こんな魔法、間近で初めて見ましたもの。私の周りには聖女しかいなかったから」

あらゆる魔力を扱える魔法使いを前に、私は尊敬の眼差しを送る。聖女は結界を張ったり傷を癒したり回復したりといった魔法に特化しているが、こうやって自然のものを操ることはできない。あんな魔法が使えたら、爽快感がすごそうだ。私が魔法使いなら、オスカー様に最後に一発水鉄砲でもお見舞いしてあげられたのに残念だ。

「はぁ……こんなに綺麗な女の子に褒めてもらえるなんて、僕も最高の気分だよ！　僕、ここへ来てから可愛い子に巡り合えなくて退屈で退屈で。塞ぎ込んでたら魔力が落ちて魔法の使い方も忘れかけちゃっててさ」

魔力は定期的に使わないと、どんどん落ちていくといわれている。ロビンさんは、昨日私の姿を見て話を聞いた直後から、全身に魔力が漲《みなぎ》ってきて、魔法使いとしての自分を取り戻せたと言う。

「それはよかったです。でも、どうして私を見たら戻ったんでしょう？」

「そんなの、アナスタシアちゃんが可愛いからだよ！　僕は可愛い女の子が大好きだからね。可愛い子がいないと、すべてのやる気をなくしてしまうんだ」

「ふふっ。なんですかそれ。まさかここへ来たのは、気が多くていろんな女性に恨まれてたからだったりして」

「…………」

ロビンさんは無言で張り付けたような笑顔を見せた。冗談のつもりだったが、まさか図星……？　これ以上はなにも言わないでおこう。

その後ロビンさんと話をつけて、あの畑はロビンさんが管理してくれることになった。まだ種が足りないので、ユーインと一緒に種や苗を探しに行くと、気づけば空の色が変わっていた。ギーさんの作業もひと段落つき、ジェシカとクロマルもすっかり仲良くなって戻ってきたところで、今日の作業は終了した。

――それから、次第に終末の村は変わり始めた。

日が経つにつれて、どんどん協力してくれる村人が増えていったのだ。嬉しい変化はそれだけでなく、魔物たちも進んで村に顔を出し、作業を手伝ってくれるようになった。ギーさんと人型魔物たちなんかは今ではいいチームになっており、ロビンさんに頼んでゴーレムを生み出してもらったことで、建物の修復はものすごい速さで進んでいった。

ジェシカも毎日のように薬の調合をしており、ジェシカの薬と聖女の私の力で、身体の具合が悪かった村人たちや魔物はみんな大事にならずに済んだ。

終末の村は、これまでにない活気に包まれている――と、私は勝手に思っている。

「ねぇジェシカ、新しい薬の開発はどう？」

私がここへ来て三か月ほど経った。村づくりはいい感じに進んでおり、私は久しぶりにジェシカの家兼研究所を訪ね、進行具合を聞いた。クロマルとユーインにはほかの仕事の手伝いを任せているため、今日はひとりでの訪問だ。

「元々、調合方法を知っていた薬の量産はうまくいってるんですが、新しい薬は……」

ジェシカはキッチンに並んでいる試作品の瓶を見つめて、肩を落としため息を漏らす。この調子だと、うまくいっていないのかしら。

ついでに出会って三か月経っても、ジェシカは変わらず私を〝アナスタシア様〟と呼び、敬語も抜けていない。誰に対しても敬語を使っているので、これは距離が縮まっていないとかではなく、ジェシカの癖なんだと私はポジティブに捉えることにした。

「でも、ジェシカの薬すごいじゃない！　ギーさんが言ってたわ。ロラさんの具合がかなり回復しているって」

そう、ジェシカが薬作りに精力を注ぐようになってから、ずっと体調不良で寝たきりだったロラさんが、今では毎日外を散歩できるまでになったのだ。私も定期的に聖女の力で身体を回復させてはいるが、病気がよくなっているのは間違いなくジェシカの薬の効果だと思う。

「おばさまは生まれつき肺が弱くて、歳を重ねるにつれてどんどん悪化していたみたいなんです。でもここで万能薬にもなりうる薬草を見つけて、いつもの薬にそれを混ぜたら、おばさまにはよく効いたんです」

「ええ。それって、新しい薬が成功したっていってもいいんじゃない」

「うーん……私的にそれじゃあ納得できなくて」

ジェシカは新たに一から薬を作り出したいようだ。ジェシカなりの、薬師としてのこだわりだろうか。

「その試作品はなにが足りないの？　……見た目は若干、おどろおどろしいけど」

私はキッチンに置いてある瓶を指さす。中に入っている液体は真っ黒で、薬と言われても飲むのには勇気を要しそうだ。どちらかといえば薬というより毒薬にも見える。

「これがこの村の森で見つけた、万能薬ともいえる薬草から作ったポーションです！　見てください。この草、色が真っ黒なんですよ」

ジェシカがテンション高めに薬草の説明をしてくれた。ギザギザした形の真っ黒な葉は、やはりとても薬草とは思えない。

「私も植物図鑑でしか見たことなかったんですが、これは魔物の好物だから手を出すなって書かれていたんです。瘴気の濃い森にだけ生える草みたいで……」

「へぇ。それなら、この村には当然生えているでしょうね。……それより、手を出すなとあったのに持って帰ったの？」

「はい。だって、長時間私と一緒に森を探索して疲れ果てたクロマルくんが、この葉を食べたら一瞬で回復したんです。魔物の身体をここまで回復させられるなら、人間にも効果があるんじゃないかと思って。そうしたら予想通り！　これは薬草の仲間に違いありません」

魔物と人間の身体のつくりを比較したことがないためその理屈はよくわからないが、試してみたら結果オーライだったということだろうか。

「それにしたって、どうやってその黒い薬草が人間にも効くとわかったの？」

もし毒だったら、とんでもない騒ぎになっていただろうに。

「自分で飲んで異常がないことを確認しました。図鑑でも毒とはされていませんでしたから。……本当はアナスタシア様に協力していただいて、ロビンさんに飲ませようと思ったんですけど、なんとか良心が勝ちました」

さらっと恐ろしい発言をするジェシカ。思っているより何倍も、彼女は肝が据わっていることに三か月目にして気づいたと同時に、ジェシカにとってのロビンさんの立ち位置とはなんなのだろうと疑問に思ったりした。

「そんな万能薬で作ったポーションなら、それだけで満足いく仕上がりになりそうなのに」

「効能は文句なしにいいんです！　ただ……色がどうしても気に入らなくて！」

「……い、いろ？」

ジェシカの納得いかない原因が〝色〟だとは思っていなかったので、私は驚いて間抜けな声で返事をしてしまった。

「こんな真っ黒なポーション、魔物さんはともかく、人間は絶対誰も飲んでくれません。でもどうアレンジしても黒くなってしまうんです……！」

両手で顔を覆い、ジェシカは今にも泣きそうな声でそう言った。見た目が悪いことは、ジェシカも重々わかっていたのね。それも、こんな深刻に。

「たしかに黒色はどんな色も塗り潰すけど、黒色を上から塗り潰すのは至難の業よね……あっ！　ジェシカ、いい方法があるわ！」

むしろ、色のせいでずっと薬の開発が遅れていたのなら、もっと早く相談してくれたらよかったのに。だって――。

「聖女の魔力をポーションに込めたらいいのよ。知ってる？　聖女の魔力が込められたポーションは金色になるの」

幼い頃からアンジェリカがポーション作りをしているのを見ていたし、私自身もやったことがある。

「金色のポーション……話を聞いたことはありますが、私の住んでいた田舎では見たことのない上等品です」

聖女の魔力入りポーションは、普通のポーションよりも効果が倍と言われており値段も高い。上流階級の人間や戦績を残した冒険者たちでなければ、まず手に入れることはできない。

「そっか。アナスタシア様の力をポーションに込めればこの闇みたいな真っ黒ポーションもきっと……！」

両手で覆われていたジェシカの目が、再度見えるようになった。その瞳には、さっきまでなかった一筋の光が差し込んでいる。私はジェシカに向かって強く頷くと、ポーションの入った瓶を持って魔力を込める。瓶は光に包まれると、液体の色が金色に変わった。

「……わぁ！　綺麗……こんなに神秘的なポーションになるなんて」

ジェシカに瓶を渡すと、瓶を回して様々な角度からポーションを観察し始めた。

「ありがとうございますアナスタシア様！　これでやっと納得がいく出来になりました。万能薬草とアナスタシア様の力が込められたポーション……きっとすごいもののはずです！」

「私もそう思うわ。これからは私が仕上げを担当するから、いつでも呼んでちょうだい」

「はいっ！　……でも、こんな素晴らしいポーションをこの村だけに留めておくのは、とてももったいないですね」

終末の村は、私が来たことによって魔物と人間の争いがない村になった。だから、回復に特化したポーションを使う機会がそこまでない。せっかく作ったのだから、必要としている人の手に届けたいと、ジェシカは考えているのだろう。そしてそれは——私も同じだ。

「ねぇジェシカ。このポーションを量産して、終末の村発のポーションとして売りに出しましょう！　それでお金を作って、村の資金にするの」

この村での生活は基本的に自給自足。今はそれで成り立ってはいるが、安定した暮らしはできない。そもそも安定した暮らしなど与えないためにここへ追放されているので、それは当然のことっていうのは置いといて——もしこの村でしか作れないもので商売ができたら、それは村にとって大きな利益になる。

「⁉⁉　そ、そんなことできるわけ……！　終末の村の住人が作ったものなど、誰も買ってはくれません」

「大丈夫。私に任せて。……いい考えがあるの」

私はジェシカの肩に手を置いて、にっこりと微笑んだ。

## 5　誰も知らない本当の自分　side ユーイン

「……町で薬を売ってこいだと？」

ここでアナスタシアの観察を決めて三か月ほど経った日のこと。いつものようにブラックウルフを連れて俺の家に帰ってくるなり、アナスタシアは突拍子もないことを俺に頼んできた。

なんでも仲良くしている薬師の女が開発したオリジナルポーションを、村の外にある王国内の町で売ってほしいのだと。

「これ、本当にすごいの。完成したあとロビンさんに試飲してもらったんだけど、魔力が倍増していたわ！　しかも持続時間がすごかったの。もちろんユーインには今後も無料で提供するから、お願い！」

渡されたポーションを受け取って、小瓶の先を親指と人差し指でつまんで中身を観察する。

なんの変哲もない、聖女の魔力が込められた金のポーション。何度も実物を目にしたことはあるし飲んだこともあるが、これが特段ほかのものと違うと言われてもピンとはこない。しかし、王都から離れた辺境地で金のポーションを手に入れるのは困難なため、この付近で売れば需要はあるだろうが……。

「いくらで売るつもりだ？」

「うーん。普通のポーションと同じくらいでいいかなと思ってるけど」

あまりにも世間知らずな価格をつけるアナスタシアに、俺は思わず眉をひそめた。

「お前、金のポーションの価値をわかってるのか？　普通のポーションより効果が二倍以上あるのだから値段もその分、当然跳ね上がる。希少価値があるから、何倍にもな」

「でも、聖女の魔力を込めてるだけでしょう？　私からしたら大した作業じゃないし、このポーションの元になる薬草もこの村には大量に生えてるの。だからそんなに高くなくてもいいかなって」

……知り合ったときから思っていたが、アナスタシアには、聖女としてのプライドというものがいい意味でない。聖女というのは素晴らしい役職で、国にとっても必要な大切な存在。しかも彼女ほど強い光を持つ者などほとんどいないというのに。アナスタシアの魔力が込められているとなると、正直通常の金ポーションより高値にしたっていいくらいだ。それこそ、Sランク冒険者しか手に入れられないくらいの。

「これはそんな安売りするものではないと、俺は思う」

「そっかぁ。騎士のユーインがそう言うなら……わかった！　普通のものの倍の価格で売りましょう」

「……はぁ」

それでもかなり破格だ。だがそれを言ったところで、アナスタシアは聞く耳を持たないだろう。俺は額を押さえ、無意識に呆れからくるため息を漏らしていた。

「ところで、どうして俺に頼む？　ついでに問うが、なぜ俺がそんな面倒なことをしなくちゃならない？」

「だって、ユーインは任務でここへ来ているわけじゃない。だから外に出てもおかしくないし、自分でここへ来たならこの辺りの地理にも詳しいかなって。私たち追放者は、窓の閉められた馬車でここまで連れてこられるから、道がまったくわからないの」

「……勝手なことを言うな。言っただろう。俺はここで任務を終えるまで帰ってくるなと言われているんだ」

「帰るのがダメなだけで、外出禁止なわけじゃないでしょう？」

「そんな面倒を引き受けるのは、普通にごめんだ。商売なんてやったことないし、そんな安い金のポーションを売り付けて、怪しまれるのも嫌だしな。交渉はすべてお前がやって、護衛としてついていくなら考えてやらないでもないが」

「それって、私が直接町へ行くってこと……？」

元々俺はアナスタシアの護衛をするという契約だったが、最近は村人同士で揉めることなどほとんどない。そのため、ただのお手伝いのようになっていた。護衛というのはアナスタシアを近くで観察する口実だったから別になんでもいいのだが、〝頼めばなんでもしてあげるやつ〟になる気はない。

「なんだ。追放者はここから出てはいけないっていう法律があるのか？」

俺がそう言うと、アナスタシアは鳩《はと》が豆鉄砲を食ったような顔をして停止する。……相変わらず表情がころころ変わるな。こういうところは、正直見ていて飽きない。

「……そんな法律ないわ！　私、どうして言われるまで気づかなかったのかしら」

「……まぁ、普通は終末の村から出て行く術も気力もないだろうからな」

行き先のあるやつが来る場所ではない。移動手段があるわけでもない。外には魔物がうじゃうじゃ湧いている――そのせいで、村から出て行くという考え自体が普通出てこないだろう。この場所を作った偉いやつらも、きっと敢えてそういう仕組みにしているんだ。どこぞの馬鹿が大誤算してアナスタシアを送り込んだことで、すべての歯車が狂ったようだが。

「決めた！　ユーインが言ってくれたように、私が自分で売りに出るわ。だから護衛としてついてきて！　ついでにここからいちばん近い町がどこか、道案内もよろしくねっ」

「……余計なことを気づかせてしまったようだ」

後悔しても時既に遅し。アナスタシアの満面の笑みを憎たらしく思いながらも、結局断ることなどできず、俺は怪しげなポーション売りを手伝うこととなった。


「ユーイン、さっそく案内してちょうだい」

ポーションを売りに行くことが決まって、ちょうど一か月後。ついにその日がやって来た。

この一か月の間にアナスタシアは薬師の女とポーションを量産し、準備万端のようだ。

「ここからいちばん近い町は、馬で山道を二時間ほど走った場所にある。どうやって行くんだ？」

　昨日の夜俺は、持ってきていたプルムス王国の地図を広げて、町の位置を確認しておいた。この国は貴族が住む王都と、それなりの身分を持つ者が住む広い繁華街隣接している。、そこから山を隔てて庶民が暮らす田舎町があり、さらに離れた場所に終末の村がある。

　地図に終末の村は当たり前のように掲載されていないが、大体の位置は来たときに把握していたため助かった。しかし、肝心の移動手段をどうするのか聞かされていない。なにか案があるのだろうか。

「もちろん、移動手段は用意しているわ。それに、馬より速く走るから二時間もかからないわよ」

「……おい。ちょっと待て。それって――」

　嫌な予感がした。そしてその予感が、絶対に的中している自信がある。なぜなら目の前にいるアナスタシアが、申し訳なさそうに眉を下げて苦笑しているからだ。それに馬より速く走る移動手段など、この村にはひとつしかない。

「本当にごめんなさいユーイン。少しだけ我慢してもらえる？　だってフェンリルが、足には自信があるって言うから」

「……フェンリルに乗って町へ行くということだな」

こうなると想像はできたはずだ。魔物嫌いの俺をフェンリルに乗せようとするなんて、やはりアナスタシアは度胸がある。きっと事前に知らせると俺が拒否するのも見込んで、当日まで黙っていたに違いない。なにも計算できないように見えて、考えているところは考えている。

「……ごめんね？」

顔の前で両手を合わせ、上目遣いで謝るその姿は、普通の男は思わず許してしまいたくなるだろうが、俺はただ恨めしい顔でアナスタシアを見返すことしかできなかった。

……それでもじーっと見返してくるアナスタシアのことを少し可愛いと思ってしまったのは、死んでも悟られないようにしておこう。誤魔化すように、俺は軽く咳払いをする。

「ところで、その犬はなんだ」

さっきからずっと気になっていたことがある。それは、アナスタシアの足元にいる黒い犬だ。村で魔物はたくさん見かけるが、動物は一度も見たことがない。瘴気が濃いせいで、ここには動物が近寄らないようになっているはずなのだが。

「この子はクロマルよ」

「？　あいつはもっと大きいし、こんなに可愛らしい見た目をしていないだろ」

そう言った瞬間、犬が「ワンワンッ！」と俺を威嚇するように吠えた。

「クロマルがどうしても一緒に行きたいって言うから、ロビンさんの魔法で一定時間だけこの姿になるようにしてもらったの。さすがにブラックウルフのままだと騒ぎになっちゃうから。今日のいちばんの目的は、あくまでポーションを売って資金を得ることだからね」

なんとしてもポーション売りを成功させたいという熱意が伝わってくる。そうこうしているうちに山道の入り口に到着すると、そこには灰色の毛をしたフェンリルが俺たちを待ち構えていた。フェンリルはアナスタシアを見つけた瞬間こちらに走って来て、早く撫でてほしげに大きな尻尾を振り回している。

彼女の前だとどんな魔物も、主人に忠実なペットのようだ。人間を襲っていた凶暴さなどどこにもない。

こういった光景を見るたび、俺の中の複雑で、もやもやした感情が膨らんでいく。だが、このもやもやの正体が自分でもわからないから余計に気持ち悪い。

「ユーイン、なにしてるの？　早く乗って」

アナスタシアの声が聞こえてはっとする。既にブラックウルフ――もとい、現在黒柴を腕に抱え、彼女はフェンリルの背中に乗っていた。なぜかサマになっている。あの乗りこなしよう、絶対に今日が初めてではないな……。

――仕方ない。腹を括るか。

これまで魔物と協力する仕事はすべて断ってきたし、アナスタシアも俺にそういった仕事を振ってこなかった。だが、今回ばかりは馬も馬車もない状態だから仕方がない。俺は嫌々アナスタシアの後ろに乗る。思ってたより何倍もふわふわとした身体にびっくりした。馬には乗り慣れているが……これは新感覚だ。

「それじゃあしゅっぱーつ！」

アナスタシアが人差し指をびしっと前に出して叫ぶと、フェンリルはものすごいスピードで山道を走り出した。

「す、すごいな。おいアナスタシア、振り落とされるなよ」

「平気っ！　私、フェンリルの背中には幼い頃から何度も乗っていたから」

世界中のどこを探しても、そんな経験を持つのは彼女くらいなものだろう。逆に俺が振り落とされないようにしなければ。細心の注意を払いながら、俺は町までのルートを案内した。

フェンリルに乗って一時間経たないうちに、町の入り口が見えてきた。俺たちは手前の森でフェンリルから降りると、そこからは歩いて町へ向かうことにした。

「用事が終わったらすぐ戻ってくるわ。一緒に連れていけなくてごめんね」

アナスタシアはフェンリルにそう言うと、犬だけを連れて町へと歩き出す。

「馬を使ったときの半分以下の時間で到着するなんて……魔物もたまには役に立つんだな」

あのスピードはかなりスリル感があったものの、これだけ移動時間を短縮できるのは純粋に有難い。

「お前ももっと役に立てばいいんだけどな」

ただアナスタシアに抱えられていただけの犬を見て鼻で笑ってみる。犬は悔しそうな顔をして俺からふいっと顔を逸らした。

「もう、クロマルをいじめないで。クロマルは鼻がよくきくし、いつも頼りになってるんだから」

そんなやり取りをしていると、町に到着した。山道の途中にあり、終末の村にいちばん近いこの小さな町は、プルムス王国の中でもかなり小さな田舎町。最初はさらに小さな村がふたつ並んでいたのを、合併してひとつの町にしたらしい。見渡す限り煉瓦《れんが》や木で造られた建物が多く、のどかな印象だ。

「じゃあクロマル、お願いね」

「キャンッ！」

犬は高い声で鳴くと、早足でどこかへ駆け出した。いったいなにを頼まれたのか。とりあえず一緒についていく。犬はくんくんと鼻を鳴らして、町の中を突き進んでいく。するとその先には、出店がたくさん並んでいる商店街があった。さらにその中を進んでいくと、犬がある店の前でぴたりと足を止める。

「薬屋さんだわ！　よくやったわね。クロマル」

犬は薬品の匂いを頼りに、初めて来た町で薬屋がどこにあるのかを突き止めることができた。

アナスタシアは眩しい笑顔をきらめかせ、犬の身体をこれでもかというほど撫で繰り回す。お腹を撫でられてご満悦の犬は、下から俺の顔を見上げてふんっと鼻で笑った。

——こいつ、最初は俺にビクビクしていたくせに。いつの間にこんな生意気に……！

思わず剣を抜きそうになったが、なんとか自制した。ましてやこいつは現状犬だ。犬相手に剣を振るうなど、周りから見ると俺が頭のおかしいやつと思われる。

「あなた、ここの店主さん？　初めまして。私、アナスタシアと申します。よろしければこの金のポーションを、通常ポーションの二倍の額で買ってくれませんか？　ここのお店でいくらで売るかはお任せいたしますので」

アナスタシアはさっそく、薬屋の店主と思われる老婆に話しかける。自分で持ってきたすべてのポーションを自分で販売するには時間がかかるとふんで、薬屋に一気に引き取ってもらおうと考えたのだろう。

「あんた本気かい？　金のポーションをこんな破格で売るなんて。……怪しいねぇ。なにか裏があるんじゃあないのかい？」

店主は訝《いぶか》し気に眉をひそめると、かけていた丸眼鏡を光らせてじーっと金のポーションを見つめた。俺も最初アナスタシアにポーションを渡されたとき、同じようなことをしたのを思い出す。

「とんでもない。正真正銘、聖女の力を込めた金のポーションですわよ。それに特別な薬草を使っているから、普通の金ポーションより効果が高いの」

「そんなすごいポーションを、なんでこんな小さな町で売るんだい」

「ここがいちばん近かったんです。それに、上流階級の人たちはあまり好きではなくて」

「……あんた、どこ出身の子だい？」

「私？　終末の村の聖女、アナスタシアですわ」

包み隠さず、アナスタシアは笑顔で答える。

「しゅ、終末の村⁉　終末の村に聖女がいたのかい⁉　大体、どうやってここに……」

「そんな細かいことは気にしないで。店主さんは勘違いしているみたいだけど、終末の村はそんなに怖い場所じゃないのですよ。こうやって薬を作って、みんな仲良く平和に暮らしておりますわ。世間の噂を鵜呑《うの》みにしてはダメよ」

「そ、そうなのかい？　言われてみればたしかに、実態はよく知らないからねぇ」

なんて口のうまさだ。ここが田舎で、王都の情報が行き届いていないことをいいことに、簡単に言いくるめている。

「ここじゃあ金のポーションなんてそうそう巡り合えない代物だから美味しい話ではあるけど、もし騙されたらうちの店が潰れちゃうよ。……そうだ！　そこの騎士の兄ちゃんが目の前で効果を見せてくれれば、買い取ってやってもいいよ」

「……俺が？　だが、俺はポーションを飲むほど疲れていないぞ」

元気な状態で飲んだって、効果が出たかは判断しにくい。

すると店主は屈《かが》んでごそごそとなにかを探し始めた。そしてビー玉くらいの灰色と緑が混ざった色の丸い物体を取り出すと、俺にそれを食べるよう促した。

「……これは、疲労玉《ひろうだま》か」

疲労玉とは、魔物を退治するときに使うアイテムのひとつだ。身体の動きを鈍くして、疲れを促進するというものである。

「これは人間が食べても同じ効果が出るんだよ。申し訳ないけど、兄ちゃんには一回疲れ果ててもらうよ」

店主がにやりと意地の悪い笑みを浮かべる。アナスタシアはなにも言わないが、目で「お願い」と訴えかけているのがわかる。

「はぁ……なんで俺が」

やれやれと肩をすくめて呟くと、俺は疲労玉を口の中に放り込んだ。

まずい。苦い。変な匂いがする。それらの三重苦を絶えてごくりと飲み込むと、次第に身体がずんと重くなってきた。

「いい感じに顔色が悪くなってきたね。よし、ポーションを飲んでいいよ」

店主に金のポーションを渡され、俺は一気にポーションを喉に流し込んだ。薬草独特の苦みが僅かにあるが、さっきの疲労玉に比べると美味しく感じる。

ポーションを飲み終えると、今度は身体がすぅーっと軽くなった。さらに力も漲ってくる。しかも、これまでに感じたことがないくらい。今戦闘が始まれば、絶対に負けないと思うほど身体が整っている。

「……すごいな、これ」

実際にポーションの効果を体感して、思わず本音が漏れた。

「一瞬で顔色が戻ってる。疲労玉を食べると、普通のポーションを飲んでもなかなか回復しないのに」

店主は俺を見て、感心したようにそう言った。これで無事、このポーションが偽物ではないことが証明できたはずだ。

「破格だし、買い取らせてもらうかね。こんなとこでも旅してる冒険者なんかが立ち寄ることはあるから、金のポーションがあれば商売繁盛しそうだしね」

「！　お買い上げありがとうございます！　……ユーイン、ありがとう」

「……あ、ああ」

アナスタシアは心から嬉しそうな、満面の笑みを浮かべていた。その笑顔に、なぜか心臓がドキッとする。

「またひょっこり来ると思うから、その際はぜひごひいきに！」

「はいはい。なんもない町だけど、またおいで」

薬屋の店主とやり取りを終え、アナスタシアは金貨の入った布袋を見てキラキラと目を輝かせた。

「やったわ！　これで新しい野菜の種や、必要な道具を買って帰りましょう！　全部売れたから、ギーさんに頼まれたお酒も買えちゃうわ。魔物たちが好きそうなお菓子も！　帰ったら今日は村のみんなでパーティーね！」

「ワンッ！」

「……散財するなよ」

浮かれてスキップするアナスタシアと、その真横にくっついて歩いて行く犬を後ろから眺めながら、俺は自然と笑みをこぼした。


空がオレンジ色になった頃、たくさんの土産を抱えて村へ戻ると、村人と魔物たちが揃って俺たちを出迎えてくれた。

薬が全部売れたことを報告すると、わぁっと歓喜の声があがる。特にジェシカは、涙を流して喜んでいた。

その後は村の平地で火を焚《た》いて、それを囲むようにして座り、みんなで食事と酒を飲む。アナスタシアの言った通り、パーティーが始まったようだ。魔物たちも普通に村人たちの輪に混ざっており、誰もそこに魔物がいることに違和感を抱いていないようだった。

俺は少し離れた場所から、久しぶりに酒を飲みながら第三者の目線でその光景を見ていた。

最初ここへ来たときは、こんな光景を見ることになるとは夢にも思っていなかった。今でもまだ、俺は夢を見ているんじゃないかと思う。

「ユーイン」

ひとりでちびちびと安い酒を飲んでいる俺のところへ、アナスタシアがやって来た。楽しんでいるのか、声色からして上機嫌だ。

「こんなところでひとりでなにしてるの？」

「別に。ただ楽しそうに馬鹿やってる連中を見てるだけだ。……四か月前までは、全員絶望してたのにな」

間違いなく、アナスタシアがこの村を変えた。彼女は、俺に言ったことを有言実行したのだ。

「この調子だと、俺はお前との賭けに負けたことになる」

「ああ、そんなこと言ってたわね。約束通り、住みやすい村にしたのだから、魔物を殺すって任務は諦めてもらうわ」

「……だな。そうなったら、俺はここを出て行く約束だったな」

そう言うと、正面を向いていたアナスタシアの顔が、ものすごい勢いでこちらに向いた。

「ユーイン、出て行っちゃうの……？」

「だって、そういう約束だろ」

「で、でも、完全にこの村が完成したわけじゃあないし、それに、私の家はまだないわ！　ユーインがいなくなったら、住むところがなくなっちゃう」

「大工とその仲間たちに頼めば建ててくれるんじゃないか？」

「そうだとしてもまだ時間がかかるわ！」

なぜかアナスタシアが必死になって声を荒らげるので、俺はびっくりした。なにをそんなにむきになっているのかと。

「……わかった。別に急いで出て行くこともないからな。ここに居続ければ、新たな任務を請け負うこともない」

俺がそう言うと、アナスタシアは安堵《あんど》の表情を浮かべる。その様子を見て、俺は思ったことをそのまま口にしてしまった。

「……お前、俺に出て行ってほしくないのか？」

「えっ……！」

みるみるうちに、アナスタシアの顔が赤くなる。伝染するように、俺まで顔が熱くなってきた。……なんなんだ。このむず痒《がゆ》い感じは。

「わ、わからないけど――ユーインに出て行くって言われた途端、すごく焦っちゃって……寂しくなって……これってつまり、出て行ってほしくないってことなんだと思う」

「……そうか」

「うん……」

アナスタシアとはこれまで何度も言い合いになったが、こんな気まずい空気になったのは初めてだ。険悪というより、照れくさい気まずさに、俺もどういう顔をしたらいいのかわからなくなる。今は酒に酔ってこの場をしのごう。そんなずるい大人の考えを頭に浮かべて、俺は残った酒をぐいっと一気飲みした。

「……ねぇユーイン。まだ、魔物のことは嫌い？」

聞きづらそうに、でもずっと聞きたかったように、アナスタシアは俺に言う。

「……最近はわからない。こうやってここでお前と、魔物たちと暮らすことによって、わからなくなってきている。……だが、これまでの俺は、たしかに魔物のことが大嫌いだった」

嫌いというよりは、憎んでいた。

ずっとずっと、魔物は俺にとって憎悪の対象でしかなかった。

「俺がまだ六歳の頃――母親が魔物に殺された。聖女による結界が安定しきっていないのに、俺が森に近づいたせいで。……母親は俺を庇って死んだんだ」

「……そんな」

「俺はそこから魔物を憎んで、あいつらを根絶やしにしてやろうと正気を失ったように毎日剣を振り回して……だけど、本当はどこかで気づいていた。母親が死んだのは魔物だけじゃなくて、俺にも原因があったことを。俺はそれを認めたくなくて、魔物だけを悪とした」

母親が殺されたときの記憶を、俺は無意識のうちに心の奥底にしまい込んでいた。当時の記憶がフラッシュバックしないように、自己防衛していた。だけど、ここでアナスタシアと過ごすうちに、その記憶を鮮明に思い出すようになった。

「俺はあのとき、好奇心から森に入ろうとした。そして、小さな魔物を見つけた。こいつならまだ幼い俺でも倒せるんじゃないかと思い近づくと、その魔物は俺の殺気を感じ取ったのか森の奥へと逃げて行った。それでも執拗《しつよう》に追いかけた俺の前に、別の大型魔物が現れたんだ。そしてそいつは俺に鋭い牙を向け――その牙は、俺を庇った母親の身体を抉った」

一方的に襲われたと、俺は記憶を勝手にねじ曲げていた。本当は違う。俺の方から、無抵抗の魔物に手を出したんだ。あとから出てきた大型魔物は、俺が傷付けようとした魔物の親だったのかもしれない。

「……魔物は人間に襲いかかる、この世界にいてはいけない種族なのだと信じて、これまで何体もの魔物を討伐してきた。……だから、お前に出会ったときは心底驚いたよ。魔物を手懐けられる人間が、この世界にいたという事実に」

同時に、魔物を味方だという人間がいたことにも。

結果的に、アナスタシアを通じて俺は魔物たちの心に触れた。魔物たちもまた、人間の心に触れることができた。するとどうだろう。憎しみも確執もまるでなかったかのように、こうやって今、同じ時間を楽しんで生きている。

「魔物を殺すことがせめてもの罪滅ぼしだと思っていたが……間違っていたのだろうな」

間違っていたと気づくのも、認めるのも、ここに来なければできなかった。むしろ、そんな考えに行きつくこともなかっただろう。

俺は変わらず魔物を憎み、つらい真実から目を背けたまま、そのまま死んでいったに違いない。そして死ぬ間際に、俺の人生はこれでよかったのだろうかと自分に問いかけたはずだ。なぜなら俺は母を亡くしてからずっと、どこか埋められない空虚感を抱えていたからだ。いくら魔物を倒しても、その穴は埋まるどころか、広がっていく気がしていた。

だからここへ来て、アナスタシアと出会ったことは――今となっては偶然ではなく必然だったのではないか。柄にもなく、そんなことを思ったりする。

「ユーインは間違ってなんかない」

「……アナスタシア」

帰ってきた返事は、予想外のものだった。

「魔物がユーインの大切なお母様を殺《あや》めたのは事実で、私が同じ立場だったら魔物を憎んだと思うわ。私は魔物使いだから、魔物を味方だと思えたけれど……ほかの人たちにとってはそうでないことも、もっと理解しなきゃいけないんだとここへ来て改めて思ったの。人間は魔物を殺して、魔物もまた人間を殺していた。私はそんな無意味な争いを止めるために、この能力を与えられたのかもしれないって」

「……神様がお前にそんな大役を任せるとは思えないけどな」

慰められることに慣れていない俺はどう反応したらいいかわからず、冗談交じりに笑いながらそう言ってみると、アナスタシアは頬を膨らませた。

「もうっ！　……まぁたしかに、魔王なんかが出てきて人間界を征服する－なんて言い出したら、私に止められるかどうかわからないけど」

「今の魔物たちにとって、魔王はお前なんじゃないか？」

なんてったって、魔物はアナスタシアの言うことなら喜んで聞くのだから。

「……〝王〟だなんて、それこそ大役すぎるわ。私は魔物と通じ合えるしがない聖女ってくらいでいいの」

「十分すぎる肩書だろう。それにそこまでの力を持って、〝しがない〟ってのは通用しないぞ」

俺は今さらながら、なぜアナスタシアが追放されたのかがものすごく気になるようになった。婚約者と妹に陥れられたとは聞いていたが……なにをされたのか。母親を亡くしてからなにをするにも楽しめず、笑うことを忘れた俺だったが、彼女の前だといつの間にか自然に顔がゆるんでしまう。俺をそうさせてくれるいつも明るいアナスタシアだが、彼女もつらい思いをたくさんしてきたのではないだろうか。

もしそうだとしたら俺は……その過去も含めてアナスタシアのことを知りたいと思った。

「アナスタシア。お前は……どういう経緯でここへ来たんだ？　婚約者と妹に、なにをされた？　言いたくないなら、言わなくていいんだが」

自分の過去を打ち明けたあとに相手の事情にまで深入りしようとするなんて、ずるいやり方だったかもしれない。アナスタシアからすると、自分も話さないといという心理になってしまうだろうに。

「そっか。まだちゃんと詳しく話したことなかったわよね。……あのね、情けない話なんだけど——」

そして、アナスタシアはこれまでのことを話し始める。

自分の母親が偉大で、その娘、さらに姉としてずっとプレッシャーと戦ってきたこと。自分だけ聖女としての目覚めが遅く、周りから期待されていなかったこと。ようやく聖女になって、憧れの人と婚約できたと思ったら、妹に裏切られ婚約破棄にされたこと——。聞いているだけで、はらわたが煮えくり返りそうな話だ。なぜなにもしていないアナスタシアがこんな仕打ちを受けるのか。

「ひどいな。お前の周りにいたやつらは……血も涙もない」

「ふふ。それ、ユーインが言う？」

自分で言って、俺も周囲から『血も涙もない男』と言われていたことを思い出し、途端に恥ずかしくなる。

「……私は、ずーっと前から〝姉〟っていう鎧《よろい》を脱ぐことができなかった。聞き分けの言い長女で、可愛い妹のために我慢して。それができる優しいお姉ちゃんでいることが、周りに認めてもらえる唯一の手段だと思ってたの。でも裏切られて……気づいたんだ。私、ずっと窮屈だったんだって」

アナスタシアの視線は、とても遠い場所に向けられているように見えた。まだ十八年しか生きていないのに、遠くを見つめる彼女の横顔は、とても大人びて見える。すごく――綺麗だ。

「だからね、ここへ来たときは本気で嬉しくて、久しぶりに声をあげて喜んだの！　もう誰にも遠慮しないで、自由に生きられるって！　私はもう、誰かの婚約者でも姉でも娘でもない。ただのアナスタシアでいられるんだわって！　それだけでも嬉しかったのに……こうやって、素晴らしい出会いもあった」

アナスタシアは俺を見て、照れたような控えめな笑みを浮かべる。貴族の名残なのか上品さがあって、女性らしさを感じてドキッとした。

「アナスタシア、俺も……ここへ来てよかった。俺にとっても、その……素晴らしい出会いだった」

彼女の素直さに引っ張られるように、俺も素直な気持ちを吐き出していく。そうだ。俺にとってアナスタシアとの出会いは――。

「本当⁉　じゃあやっぱり、ユーインも心の底ではこの村のみんなを好きでいてくれてるのね！」

「……ん？」

アナスタシアは大きな瞳を輝かせて俺の両手をぎゅっと握るが、返ってきた反応が思っていたのと違う。

「よかった！　ユーインも同じ気持ちでいてくれて！」

「いや、俺はお前との出会いのことを……」

言いかけて、喉元までできた言葉を飲み込む。彼女が笑っているのだから、俺が敢えて水を差さなくてもいいだろう。

「あと……ユーイン、これまで無責任なことを言ってごめんなさい」

「……急にどうしたんだ」

笑ったり悲しそうな顔をしたり、忙しいやつだ。だがさっきの話を聞くと、以前のアナスタシアはこんなふうに感情をストレートに出せていなかったように思える。だったら、こんなアナスタシアを見られるのは喜ばしいことなのかもしれない。

「ユーインの事情も知らないで、魔物を嫌うユーインに私の意見を押し付けたりして……」

「そんなの、知らなかったんだから謝ることじゃない。それに……お前が魔物を許せって言うなら、許せそうな気がする。過去のことも、水に流せる気がするんだ。むしろお前が許せと俺に言う以外の方法が見当たらない」

「……私が言えば？　どうして？　私は魔物使いだけど、ユーイン使いではないわよ？」

真面目な顔をして当たり前なことを言うアナスタシアに、俺は呆れ笑いを浮かべて言い返す。

「どうだろうな？　俺はお前の言うことは聞きたくなる。こんなの初めてだ」

「それは……えーっと、一応ユーインが私の護衛騎士だからじゃない？　護衛対象の言うことは聞きたくなる、騎士の性分っていうか」

「違うな。多分、俺は俺のすることで、お前に笑ってほしいんだ」

「……！」

今日は柄にもないことを言いすぎた。それもすべて、飲みなれない酒のせいだ。

とりあえず今日は――隣で素面で頬を染めるアナスタシアにこれからも笑ってもらうために、まずはあのブラックウルフを、名前で呼んでやるところから始めるとするか。そうすれば、アナスタシアはきっと喜んでくれるはず。

彼女の笑顔を思い浮かべると同時に、俺は後ろめたさを感じた。俺はすべてを打ち明けているようでいて――もうひとつ、大事なことをアナスタシアに言っていない。アナスタシアは俺のことを田舎騎士だと思っている。でも本当の俺は……。

だが、それを言ったら、アナスタシアの俺を見る目が変わってしまうのではないだろうか。

彼女に好意を持ってしまったが故に、俺は自分で自分の首を絞める羽目になった。いつか必ず、アナスタシアにきちんと話そう。だからもう少しだけ、俺をただの下級騎士でいさせてほしい。

# 6　初めて語られる真実

「終末の村っていうところへ行きたいんだが」

いつものように王宮のテラスでオスカー様とお茶を楽しんでいると、とある客人が王宮を訪れた。どうやら外国から来た三人組の冒険者らしい。どうしても王家の人間に会いたいという申し出があったため、オスカー様が対応することになった。そしてその冒険者が口にした言葉を聞いて、私もオスカー様も驚いて顔を上げる。

——今、なんて言った？　終末の村？

あんなところへ行きたいなど、自殺志願者かなにかなのかしら。この国のことをなにも知らない彼らがおかしくて、私は下を向いて小さく笑った。

「終末の村？　あそこは追放された罪人のための場所だ。特別な事情がない限りあの場所への立ち入りは許されていない。それに、聖女の結界が張られていないため魔物がはびこる無法地帯……まさか、腕試しで行きたいとでも？」

オスカー様も同じことを思っているのか、訪ねてきた冒険者のリーダーらしき男にそう答えると鼻で笑った。

「そんなにひどいところなのですか？　俺たちは、あの村で作られているポーションがどうしても欲しいんです。それを特別な事情として認めていただけるかはわかりませんが、立ち入りの許可をいただけないでしょうか。そのために、今日はここまできたんです」

いかつめの顔と大きな身体に似合わない丁寧な口調で、冒険者の男は言う。

「……ポーション？　あの村に、そんなものを作る技術があるわけないじゃない！　ねぇ？　オスカー様」

ついに堪《こら》え切れなくなり、私は思い切り笑ってしまった。これがお茶を飲んでいる最中だったら、むせ返っていたに違いないわ。危ない危ない。

「ああ。君の言う通りだよアンジェ。君たちの言っているポーションは、終末の村になんの関係もないと思うが、それはいったいなんの話だ？」

オスカー様が言うと、男はゴソゴソと荷物を漁り、一本の空瓶を取り出した。

「これはとある町で買った金のポーションですが……飲み干すと、そこに作り手の名前と、村の名前が書いてありました」

そう言われ、私はオスカー様の横からひょいっと顔を出して瓶を覗き込む。そこには金色の文字で、〝ジェシカ&アナスタシア　FROM終末の村〟と書かれていた。金色で書くことにより、空になるまで文字が見えない仕組みにしていたのだろうか――いいや、そんなことよりも。

「……アナスタシア……お姉様!?」

私はその名を見て、瓶を男からひったくって大きな声をあげる。

「こ、このポーションを、終末の村でアナスタシアが作ったというのか。いや、そんな馬鹿な……でもたしかに、彼女は一応聖女だった、ポーションくらい作れる……？　でも、あそこにポーションに必要な材料など……」

「あったとしても、魔物がいるから集められるわけない！　そうでしょう？　オスカー様」

アナスタシアという名前に、オスカー様は私以上に混乱しているようだった。まさかこんなことで、お姉様の存在を思い出すことになるなんて。

「ああ。そうだよな……。おい、これは誰かが悪戯で書いたものじゃないのか？」

「いいえ。町でこれを売っていた薬屋の店主に確認しましたが、〝終末の村に住む聖女から買った〟とたしかに言っていました」

「なんだと!?　それはどこの町だ！」

「覚えていませんが……国境近くにある、王都から離れた田舎町です」

「！　……結構な距離があるだろうに、そこまで行ったというのか？」

オスカー様はどこか察しがついたみたいだが、私にはさっぱりだ。お姉様の見送り人として村まで同行したのはいいけれど、窓が閉め切られていたせいで自分がどこを走っているのかなんて全然わからなかったんだもの。

「どうしてあなたたちはそんなにこのポーションにこだわるの？　金のポーションなら、王都でたくさん出回ってるわ。私も聖女だから作れるもの。どうせこのポーション、あまり効き目がよくなかったんでしょ？　あ！　もしかして、毒でも入ってた？　あなたたち、このポーションの作り手に文句を言いたいだけなんじゃない？」

絶対そうに決まってる。お姉様みたいな自己肯定感の低いダメダメ聖女がいくら魔力を込めたって、私のような上級聖女が作るポーションの足元にも及ばないはずだもの。

「逆です。このポーションは、これまで使った中でもいちばんの出来。王都の金のポーションも使ってみましたが、効き目がこれとはまったく違う。しかもこのポーションは、通常の半額以下で手に入る。我々のような旅をする者にとって、こんなにいいポーションはほかにない！　だから絶対に手に入れたいんです。もしこれをほかの国へ輸出すれば、すごいことになると思いますよ！」

「そ、そんなわけないだろう。なにかの間違いだ！　お前たちの終末の村への立ち入りは許可できない！　さっさと帰ってくれ」

オスカー様は次第にイライラしてきたのか、冒険者たちを追い払った。彼らは肩を落として去って行く。

「……オスカー様。どうなってるんですの？　アナスタシアお姉様が、村でポーション作りなんてできるはずがないですわ」

「ああ。あそこは魔物に囲まれた村だ。アナスタシアは結界を張れるような聖女でもないし、無理に決まってる。ポーションに書かれた名前は悪戯かなにかだろう」

「そうですよね！　私を陥れようとしたお姉様には、ちゃあんとあの村で罰を受けてもらわないと困りますもの！」

のんきにポーション作りなんてされては、私がわざわざあんな国の掃きだめまで追いやった意味がないじゃない！

「心配ないさアンジェ。アナスタシアはあんな場所でうまく生活していけるほど優れた人間じゃあないだろう」

「……ええ。それもそうですわね」

お姉様がひとりでなにかできるわけない。私がお姉様のことが邪魔になって、嘘をついてありもしない罪をかぶせたときだって、すぐに諦めて黙り込んでいた。終末の村は、そんなお姉様が生きていけるような環境じゃないと、当時のオスカー様も言っていたわ。

こうして私が安心したのも束の間――その後も、同じ内容で何人もの客人が王宮を訪れたのだ。最初に来たのと同じ外国からの冒険者、辺境地の騎士、最後には、ポーションを実際に買った薬屋の店主の孫娘を名乗る者まで。

しかも、その子に店主がポーションを買った日のことを聞いてみると、「おばあちゃんから聞いた話ですが、長い黒髪の綺麗な女性と、背の高いかっこいい騎士から買ったとのことです」と言っていた。綺麗はともかく……長い黒髪。お姉様の特徴に当てはまっている。かっこいい騎士と一緒にいたというのはどういうことか。どちらにせよ、気に食わないったらありゃしない。

「オスカー様、さすがに変ですわ！　お姉様は、本当にポーション作りをしているんじゃなくて⁉」

連日続く訪問に、さすがに私も堪忍袋の緒が切れる。

「……そうだな。ここまで来たら、悪戯では済ませられない」

オスカー様は観念したように、だらりと首を垂らして呟く。

「じゃあお姉様は、あの村で謎の騎士と一緒に暮らしているってこと？　のんきにポーション作って、それを町に売りに行く体力もあって……どうなってるのよ！」

空気が汚く、魔物が溢れ、人間も貧乏人と罪人しかいないような最悪な場所——終末の村って、そういうところなんじゃないの⁉

思ってもみなかった展開に、私は苛立《いらだ》ちが収まらない。加えてお姉様が作ったポーションが絶賛されているのも意味がわからないわ！

「落ち着いてくれアンジェ。実際に見ていないのだから、まだアナスタシアの現状はわからない——」

「オスカー様！　緊急事態です！」

すると、従者が突然、私とオスカー様の間に割って入って来た。

「ちょっと、今は私がオスカー様と話しているのよ！　この無礼者！」

従者を睨み付けてそう叫ぶが、従者は私の言葉には耳を貸さずに、オスカー様の方だけを見て慌てた顔で口を開いた。

「たいへんですオスカー様！　王都の森から魔物が……！」

それを聞いた途端、オスカー様の目の色が変わった。私ですら耳を疑う。

「魔物だって……⁉　なぜだ！　王都の森なら、アンジェが結界を張ってくれているはずだろう！」

「え、ええそうですわ。私、つい一週間前に新たに結界を張ったばかりですのよ。魔物が森から出てくるなんてありえないわ」

「しかし、実際に魔物は出現しております！　とにかく、至急現場に来てください！」

そんな。わけがわからない。偉大なる聖女だったお母様の血を引く私がいる限り、王都は絶対に安心な場所……それなのに、どうしてなの！

「アンジェ、君も一緒に来るんだ。そして再度、結界を張り直してくれ！」

「……わ、わかりました」

オスカー様に言われて、私も現場へ急行することとなった。

森へ着くと、既に魔物は何体も結界外へ飛び出しており、王家騎士団たちが必死に退治している真っ最中だった。

「そんな、私の結界が破られるなんて……」

私はその光景を見て言葉を失い目を見開いた。お母様の代わりに王都を守るようになってから、こんな事態は一度も起きなかったのに。

「アンジェ、どうなっている？　先週本当にきちんと結界を張ったのか？」

「張ったに決まってるじゃない！」

疑惑の目を向けられて、私はたまらず声を荒らげた。そんな私を見て、オスカー様の表情が引きつる。

「そんな、オスカー様はアンジェを疑うというのですか？　ひどい……」

まずいと思った私は、両手で顔を覆って声を震わせ嘘泣きをする。こうやってか弱い態度を見せていれば、オスカー様はころっと騙されるんだから――って。あれ？

指の隙間から向こう側を窺《うかが》ってみる。オスカー様が私を見る目は、未だに疑い深いまま。いつもみたいに優しく庇ってくれると思っていたのに……どいつもこいつもなんなのよ！

「はぁ……。もう一度、ここで結界を張り直せばいいのでしょう」

くだらない嘘泣きをやめて、私は大きなため息を吐くと、魔物がこれ以上外に出ないよう結界を張る準備をした。

「ああ。今度はしっかり頼むぞ」

なによそれ。まるで私が失敗したみたいな言い方じゃない。結界を張り終わったら、どんなわがままをきいてもらおうかしら。高級なドレスやアクセサリーでは、腹の虫が治まる気がしないけれど。

私は両手を前にかざして、聖女の光でシールドを作る。すると無事に結界を張ることに成功した。大抵の聖女は結界を張っても数分も持たない。しかし、私はお母様の血を受け継いでいる。そのため、強力な結界を広範囲に、長時間に渡って張り続けることができるのだ。

「終わりましたわ。これでもう大丈夫――」

聖女としての任務を終え、オスカー様の方を振り返る。その瞬間、またもや魔物が結界の外に飛び出してきた。

「……はぁ⁉　ど、どうして⁉」

魔物への恐怖よりも、驚きが勝ってしまう。だって、私が結界を張ってからほんの数秒しか経っていない。

「今まではこれで平気だったじゃない！　なんで私の結界が破られるの！」

手を抜いたわけでも、結界の張り方を間違えたわけでもない。たしかに、いつも通りにやったのだ。

「おい、ほかに王都の森に結界を張れる聖女はいないのか！」

「先代のアリシア様が聖女でなくなった今、こんな広範囲に結界を張れる上級聖女はアンジェリカ様しか……」

「しかし、そのアンジェリカの結界が機能していないではないか！」

そんな言い方しなくたっていいじゃない。オスカー様に言い返したかったが、事実なのでなにも言えない。私は唇を噛みしめて、わけもわからないままその場に立ち尽くすことしかできなかった。

そうしているといつの間にか魔物が一斉に退いて、森の奥へと消えていった。私たちは帰ることになったが、誰も私に労わりの言葉をかけてはくれない。オスカー様ですら、私を腫れものの扱いだ。

――ずっと守ってやっているのに！　たった一度うまくいかなかっただけで、全部私が悪いみたいに……！

お姉様からオスカー様を奪ってからというもの、オスカー様は私をお姫様扱いしてくれていた。こんな態度をとられるのは初めてだ。オスカー様はお姉様より私の方がいいと、お姉様と婚約しているときからそう言っていたくせに……。本当に私のことを愛しているのかという不安に苛《さいな》まれる。

「アンジェ。今から僕と一緒に大聖堂へ行くぞ」

「……えっ？」

大聖堂というのは、年に一度聖女が集まって国の平和を願う祈りを捧げる場所だ。

「実はそこに、聖女の光の数値を正確に測り、その者の聖女としてのランクを判断する魔法石がある。君とアナスタシアはアリシア大聖女の娘ということで、わざわざこの儀式をする必要はないと思っていたんだが……こうなっては仕方ない」

私はあのアリシアお母様の娘ということに加えて、結界を広範囲に張ったりできるという実力を見せることで、大聖女の称号を得た。

このタイミングで私を大聖堂に連れていくというのは――私の聖女としてのランクを疑っているんだわ。

「わかりましたわ」

私だって、このまま疑念の目を向けられるのはごめんよ。さっきはどうして結界が破られたのかわからないけれど、私が最高位ランクの聖女だってことを知らしめて、魔物の暴走は私のせいではないと証明してあげるわ。

私は大聖堂に向かい、オスカー様と、話を聞き付け、駆け付けたお父様とお母様に見守られながら、いちばん奥の祭壇に置いてある水晶のように丸い魔法石に手をかざし、聖女の光を発動した。

話によると、ランクの高い聖女ならば、魔法石は虹色に光るようになっている。見てなさい。私と聖女としての実力を――。

「……なによ、これ」

魔法石の色を見て、私は絶句した。魔法石は虹色ではなく、濃い青色になっている。この色は、上級、中級でもなく、下級聖女という意味を表す色だ。

「う、嘘よ！　もう一回やれば……！」

何度やっても、魔法石は青色にしか光らない。

「……アンジェ、これはどういうことだ！　下級聖女クラスが、王都の森を守る力など持ち合わせているはずがない！　君は今まで、どうやって森に結界を張っていた⁉　答えろ！」

オスカー様はわなわなと肩を震わせて、私を怒鳴り付ける。

「どうもこうもないわよ！　私がずっと守って来たのは事実よ！　ほかにあの森に近づいた聖女なんていないじゃない！　この魔法石が壊れてるんじゃないの⁉」

一方的に責め立てられ、我慢ならずに私も怒鳴り返す。すると、オスカー様はなにかに気づいたようにはっとした顔をした。

「……いいや。もうひとりだけいる。王都の森を定期的に訪れていた聖女が」

「そんなの誰もいないわ！　あそこは私と、私の付き添いで同行していたお姉様くらいしか——」

言いかけて、私はオスカー様が誰のことを言っているのか気づいた。

「……まさか、お姉様が森を守っていたとでも？」

「君が下級聖女だとしたら、それ以外ない。もしかすると、アナスタシアは君の代わりに結界を張っていたんじゃないのか？」

「冗談じゃないわ！　私はお姉様が聖女として開花する前から、あの森に結界を張っていたのよ！　大体お姉様は、開花してから一年間はほとんど聖女の力を持っていなかったじゃない！」

たしかに、開花したてのお姉様の光は強かった。だから私は慌てて、呪いのかかった魔法石を使ったブレスレットをお姉様に着けさせたんだもの。なにも知らずに嬉しそうにブレスレットを身に着けているお姉様といったら、それはそれは滑稽だった。こういう経緯もあって、お姉様が結界を張っていたなんてことは絶対にありえない――そう思いたいのに。この胸のざわつきはなんなの？

「そ、それはそうだが……。ではなぜ、あの森から王都はずっと守られていたんだ？」

大聖堂が静まり返る。すると、沈黙を破るように扉が音を立てて勢いよく開かれた。そこには息を切らして、疲れ果てた顔を浮かべた騎士がひとり。

「オスカー様！　またもや魔物が出現し暴れております！　先ほどとは違い、大型魔物が何体も魔物を引き連れている状態です！」

「ちっ……次から次へと、今日はどうなってるんだ。王家騎士団でどうにかしろ！」

「既に全員で戦っておりますが、なぜか魔物が殺気立っており、手に負えません！」

話によると、いつもと違って魔物が興奮状態にあるという。

「我が国の軍事力では、このままではやられてしまいます！　結界が張れないのなら、魔物の怒りを収める以外方法がありません！」。

「怒りを収めるだと？　そんなの、あいつらが怒っている理由もわからないのに……」

馬鹿げたことを言うな、とオスカー様が続けたそのとき、騎士が耳を疑う言葉を言い放つ。

「……それが、大型魔物がこう言っているんです。〝なぜアナスタシアを追放した〟――と」

「……アナスタシア？　魔物が喋ったというのか？」

大聖堂内に、一瞬にして緊張感が漂う。

「はい。たしかに聞きました。何度も何度も、〝アナスタシア〟という名を口にしています」

「……なぜだ。どうして魔物がアナスタシアの名を。おいアンジェ。君はアナスタシアが魔物と一緒にいるところを目撃したことがあると言っていたな」

「え、ええ。お姉様は魔物を王都に放とうとしていましたもの。魔物を腕に抱いているところを、この目ではっきりと見ましたわ」

実際、放とうとはしていない。しかし腕に抱いていたところを見たのは事実である。

「待ってくれアンジェリカ。……今の話は、本当か？」

これまでずっと黙っていたお父様が、急に血相を変えて私に問いかける。そういえば、お姉様の追放理由をお父様には『私の結界を張る邪魔をして、王都を危険に曝そうとした』としか話していなかった。それ以外に、ずっと私へ嫌がらせをし、オスカー様にも無礼を働いたとか、そんな設定にしていた。お父様は昔からお姉様より私を可愛がっていたし、お姉様にあまり興味がなさそうだったから、深く追及もされなかった。

「ではやはり、アナスタシアがなんらかの力で魔物を操っているんじゃないのか？　王都を追放された腹いせに、僕らに嫌がらせをしているんだ！」

私がお父様に返事をする前に、オスカー様がまたもや声を荒らげる。

「……オスカー様、少しよろしいでしょうか」

お父様は一歩前に出て、オスカー様に話しかけた。

「エイメス伯爵。急になんだ。悪いが、貴様の娘が魔物たちをわざと暴走させているとしたら、貴様の極刑も免れないぞ」

「……それは半分正解で、半分は間違っているといえます」

「……なんだって？　なにか知っているのか⁉」

お父様は静かに頷いた。私もお母様もなにも知らない中、お父様だけが、なにか確信を得たような顔をしている。

「アナスタシアは――〝魔物使い〟の力を持っているに違いないかと」

「魔物使い……？　魔物と心を通わせ、従わせることができるというものか。あんなの、ずいぶん前に消滅して、本当に存在していたかも怪しいと言われていたじゃないか」

私もその名称だけは本に書いてあったので知っている。だがオスカー様の言う通り、架空の存在だと思っていた。

普通は信じられない話だ。いつもの私なら、ありえないと一蹴して笑い飛ばしていただろう。

でも、やけに心臓がうるさい。このうるささが、私にお父様の話が本当だと言い聞かせているようだ。私の頭に、お姉様が魔物を抱いている姿が鮮明に映し出される。

「あなた、どういうこと?」

お母様も知らなかったようで、不安げな顔を浮かべ、お父様を見つめている。お父様は額にうっすらと汗を浮かべて、続きを話し始めた。

「実は我々エイメス家の先祖に、魔物使いがいたんです。もうずいぶんと、遠い昔のことです。私としても信じがたい話でしたが……このことを私に打ち明けた父の眼差しを思い出すと、冗談で言っていたとは到底思えません。そして代々先祖に魔物使いがいたという事実を語り継いできた理由が、今ははっきりとわかりました。それはきっと、いつかまた私たちの家系に魔物使いが生まれる可能性があったからでしょう。……我が娘、アナスタシアのように」

お父様は私やお母様も知らなかった、エイメス伯爵家にまつわるとんでもない秘話を打ち明けた。私たちが二十歳を超えるまで、この話をほかの誰にもする気はなかったという。

「アンジェリカが森を守れるほどの結界を張れないのだとしたら、これまで王都を守っていたのは……魔物を従わせることのできる、アナスタシア以外考えられません。アナスタシアが魔物たちに、森から出ないよう言い聞かせていたのでしょう」

お姉様は私に付き添っていただけじゃない。その裏で、魔物と心で会話をしていた……?

言われてみれば、お姉様はたまに不可解な行動をとっていた。ひとりで森に残ると言ったり、ふっとどこかへ姿を消したり。帰って来たときは決まって、ほのかに森の土のにおいを漂わせていた。

――それじゃあ、これまで私が守っていたはずの王都は……本当は、お姉様によって守られていたというの？

「そ……んな……」

信じない。信じられない。信じたくない。

お姉様は私より可愛くなくて、愛想もなくて、能力もない。ただ私を引き立てるだけの存在……。ずっとそうだったのに。私の知らないところで、私はお姉様に救われていたっていうの？

「エイメス伯爵の言うことが事実ならば、魔物が怒っている理由は……僕たちがアナスタシアを王都から追い出したからなのか……？　王都の安全はずっと……彼女によって保たれていたと……？」

足の力が抜けてその場にへたり込む私の近くで、オスカー様も声を震わせながらそう言った。

「はい。さすがの魔物使いも、そばにいない魔物と深く心を通わせることは不可能と聞いています。きっと魔物たちはアナスタシアの追放の噂を耳にして怒っている。私たちにできることは、アナスタシアを呼び戻し、王都の魔物を止めてもらうこと以外ありません」

「！　おい、すぐに馬車を用意しろ！　終末の村へ行き――アナスタシアを王都へ呼び戻す！」

お父様の話を聞き終わったオスカー様は、扉の入り口に立ったままの騎士に向かって叫ぶ。

「ああ。なんて間違いを犯してしまったんだ。……もっとアナスタシアのことを、きちんと見ていたら……」

お父様は涙目になって、ずっと後悔の言葉を口にしている。お姉様のことを、なにを考えているかわからないと言っていたくせに。私がお姉様を勘当しろと迫ったときも、最初は悩んでいたが最終的には聞き入れてくれた。その選択を目の前で後悔されて、気分はさらに下がっていく。でも今は、そんなことより……！

「オスカー様、私も共に向かわせてください。終末の村へ！」

私は足を奮い立たせ、オスカー様の腕にギリギリと爪を食い込ませて強く掴んだ。

——どうせ、お姉様は私にはなにも言い返せないはず。どうにかして、この事態をお姉様のせいに仕立て上げないと。

# 7　みんなのために

「ジェシカ、あのポーション、ちょっとした騒ぎになっているみたいよ」

村の復興作業も落ち着きを見せ始めたある日のこと。私はジェシカの家で、ユーイン、クロマルとロビンさんと一緒に昼食を食べていた。

「えぇっ。騒ぎって……なにか不備があったのでしょうか⁉　どうしましょう……！」

「違う違うっ！　いい意味での騒ぎよ。使った人がみんな、もっとこのポーションが欲しいって、王都を訪ねてるみたい。〝終末の村へ行きたい〟って。そうよね？　クロマル」

私が座っている椅子の横で、ジェシカが作ったクッキーをむしゃむしゃと食べていたクロマルが顔を上げる。口の端に食べかすがついていて、そんなお茶目な姿を見て私はふふっと小さく笑った。

【うん。カラスが教えてくれたから間違いないよ】

それだけ言うと、クロマルはまたクッキーに夢中になっている。よほど気に入ったようだ。

今度うちでも作ってあげようっと。

ちなみにカラスというのは、この場合普通のカラスでなく魔物のカラスのことを指す。魔物のカラスは普通のカラスよりサイズが大きく、くちばしも鋭いが、遠目からだとその区別はなかなかつかない。彼らはそれをいいことに自由に飛び回り、魔物間の伝達係のような役割をすることもある。元々の性質なのか、人間を襲うことはほぼ皆無に近い、無害の魔物だ。

「アナスタシア様、終末の村へ行きたいというのは……？」

「ああ、ポーションの瓶に金色の文字でこっそり書いておいたの。ジェシカと私の名前と、FROM終末の村〜って」

「ちなみに文字を金色にしたのは僕の魔法だよ。アナスタシアちゃんに頼まれたら、なんでもしちゃう性分だからね」

ロビンさんが爽やかな笑顔で言う。名前を書くのは、ロビンさんと畑仕事をしているときに思いついたのだ。あのときは本当にお世話になったし、改めてなんでもできるロビンさんの魔法の腕に感心しちゃった。

「ふん。この女好きが。もっとほかのことにその才能を使えないのか」

「おやおやユーインくん。やきもちかい？　僕の魔法は、可愛い子のために使われることを喜びに感じているんだよ」

「……はぁ。こいつとは魔物より馬が合わないな」

ユーインは険しい顔をしたまま、食べかけのスープをスプーンですくった。ロビンさんはユーインになにを言われても、余裕の笑みを浮かべている。私からすると、今となっては最早逆にいいコンビのような気もするが。

「アナスタシア様、そんなことを書いて大丈夫なのでしょうか？　王家の人たちに知られたら、事態がややこしくなるんじゃあ……」

「いいじゃない。私たちはここに追放されるっていう罰をきちんと受けたのだから、その後どうしようがこちらの勝手でしょう？　それより、またポーションを作って町に行きましょう。ジェシカのポーションは、たくさんの人に必要とされてるんだから」

法律上、終末の村への立ち入りは特別な事情がない限り禁止となっていたはず。大体、みんなこの村が王国のどこにあるかも把握していないだろう。プルムス王国にとって、終末の村は都合が悪くなった人間を捨てる場所。村ごと隠蔽したいに決まっている。だから当然、地図にだって記載されていない。そのため、ポーションをもっと多くの人の手に渡らせるなら、こちらから出向くほかない。

「あーっ。王家が馬鹿でよかったわよね。終末の村から出るなっていう法律はなくて、本当によかったわ」

私は改めてそう思う。

「出ようにも魔物がいるせいで、これまでは出られなかったからねぇ。全部アナスタシアちゃん様様だよ。ねぇ、今度は僕も町へ連れていってくれない？　ユーインくんの代わりに、僕が護衛してあげるよ」

「本当ですか？　じゃあ、お願いしようかしら」

「ダメだ」

テンション高めに町へ行きたいと言うロビンさんを見て、私はお世話になったお礼もかねて次は一緒に行こうと思った――が、ユーインによって阻止される。

「どうしてダメなの？　もう道は覚えたし、ユーインも面倒だったでしょう？」

「そういう問題じゃない。俺がこの村にいる限り、お前の護衛は俺だけだ」

さらっとそんなことを言われ、私は思わず手に持っていたパンをぽろりと落としてしまった。……なんだか今の、さっきロビンさんが言っていたように、捉えようによっては、やきもちを妬いてくれているように思えてしまうのだけど。

「ちょっとユーインさん、クロマルくんだってアナスタシア様の護衛ですよ！」

聞き捨てならないというように、ジェシカがユーインに言う。

だがユーインはその言葉すら知らん顔。その後も顔色ひとつ変えずに食事を続けている。意識しているのは私だけなのかと、途端に恥ずかしくなった。

以前町へ行った日の夜、ユーインとふたりきりでお互いの過去の話をした。あのとき、たしかに私とユーインの距離は縮んだと思っていたけれど……私がひとりで、勘違いしているだけなのか。

――って、こんなことで悩むなんて。これじゃあまるで、ユーインのことを好きみたいじゃない。

彼に対しての気持ちがはっきりしない。でも、ユーインにも言ったように、ユーインが任務を終えてここから去るとなったら……私はとっても寂しい。

「ほーら。ユーインくんが妙なわがままを言うから、アナスタシアちゃんが思い悩んでいるじゃないか」

「えっ？　ご、ごめんなさい。ちょっとぼーっとしちゃって」

「真面目な顔のアナスタシアちゃんも美しかったよ。あ、ついでに僕は護衛でなくてもいいから、荷物持ちとして町へ連れて行ってよ」

「お前、ただ町の女を見たいだけだろう」

「あ、バレちゃった？」

ユーインにつっこまれ、ロビンさんは舌を出して笑った。ロビンさんらしい理由に、私も笑みをこぼす。やっぱり、ロビンさんはこの村イチのムードメーカーだと思う。……女性にだらしないのは、玉に瑕《きず》だけど。

「じゃあ、ジェシカも一緒に行く？　自分が作ったポーションの評価、生で聞けるかもしれないし」

「そんな……私なんかが一緒に行ってもいいんですか？　邪魔になるのでは……」

ポーションを作った張本人だと言うのに、ジェシカはここでも控えめな姿勢を見せる。ロビンさんとは真逆だ。

「本来いちばん行くべきはジェシカなんだから。みんなで行けば怖くないわ」

「は、はいっ！　でしたら、私もぜひ……！　ああ、ポーションを作りたくてうずうずしてきましたっ。薬草を補充しないと。アナスタシア様、午後からクロマルくんをお借りしてもよろしいでしょうか？」

「ええ。もちろん。クロマル、ジェシカのお供をしてくれる？」

【任せて！　クッキーも美味しかったし、いくらでも働くよ。その代わり、帰ったらアナがたくさん可愛がってね！】

「ふふ。了解」

今日は思う存分、クロマルの身体をもふもふしちゃおうっと。

「アナスタシアちゃんは魔物の声が聞こえるなんてすごいなぁ。僕らにも聞こえたら、もっと魔物ともうまくコミュニケーションが取れるのに」

羨ましそうに、ロビンさんが頬杖《ほおづえ》をついて呟いた。

「でも、ギーさんなんてすっかり魔物たちと抜群のチームワークを見せてますよ。言葉が通じなくとも、心を通わせてるっていうか」

【ギーの下についてるオークやオーガ、それにゴブリンたちは、ギーの職人技に本気で惚れ込んでるみたいだよ】

みんなには聞こえないのに、補足するようにクロマルが言う。私はそれをそのまま、私以外の三人に伝えた。

「ギーは口下手なやつだから、ハートで伝える方が上手なのかもねぇ」

ロビンさんの言っていること、私にもなんとなくわかる気がする。こんなこと本人に聞かれたら、怒られちゃいそうだけど。

「おい！　アナスタシアはいるか！」

すると、噂の主の声が扉の開く音と共に聞こえた。びくっと思い切り肩を跳ねさせ振り返ると、そこにはギーさんが立っていた。

「おお！　話題の人物、ギーじゃないか！」

「話題？　なんだロビン。また俺の悪口でも言っていたのか？」

「とんでもない。ていうか、僕がギーの悪口なんて言ったことあるかい？」

「お前が俺を褒めるとは思えないからな」

ばっさりとギーさんに言い捨てられ、ロビンさんはやれやれと肩をすくめた。ロビンさんは常に優しいから、悪口を言っている姿なんて想像もつかないが……。もしかすると、ギーさんとロビンさんも馬が合わなかったり？　どちらかというと、ギーさんはユーインと似ている気がするし。

「どうしたんですかギーさん。そんなに急いで。あ、もしかして、ギーさんもお腹が空いたのですか？」

ここにきて、ジェシカの天然が炸裂する。ギーさんの返事を聞く前にいそいそともう一食分用意し始めたジェシカを、ギーさんが慌てて止めに入る。

「そうじゃないジェシカ！　俺はアナスタシアを捜していただけだ」

「なにかあったんですか？　ギーさん」

「村の前に馬車が止まってる。そいつらが……アナスタシアを呼べと」

「……私を？」

せっかく楽しいランチタイムを過ごしていたと言うのに、それを邪魔する訪問者がいるようだ。私はその人物が誰なのか、すぐに察しがついた。

――きっとオスカー様ね。もしかすると、アンジェリカも一緒に来ているかもしれないわ。だけどいったい、なんの用で？　ポーションの噂を聞き付けて、わざわざ私の様子を見に来たのかしら……。

「大丈夫か？　やばいやつらだったら、今はいないと言って追い返すが……」

「なに言ってるんだギー。いないなんて嘘が通用するとでも？」

呆れたようにロビンさんが言う。その通り。きっと嘘を吐いたところで、村中を探して回るに違いない。

「ギーさん。私を探していたのは、どんな見た目でしたか？」

「え？　ああ……金髪の背が高い男と、ピンク髪の女だ。ほかにも護衛の騎士や兵士が数人いた」

「……やっぱり。オスカー様とアンジェリカだわ」

予想通りのふたりだ。もう二度と、あのふたりの顔を見ないで済むと思っていたのに。

「えっと……アナスタシア様とはどういうご関係で？」

ジェシカが気まずそうに言う。ほかのみんなも気になっているのか、一気に私へと視線が集まった。

「元婚約者と、妹よ」

「！　それって……アナスタシア様をここへ追放した人たちじゃないですか」

「ええ。でも、なぜ今さらそのふたりが私に会いに来るのかさっぱりなの」

しかし、このまま無視するわけにはいかない。

ふたりに村を荒らされたくないし、なにより、ここは私の居場所だ。あのふたりに長居してほしくはない。

「とにかく、話を聞いてくるわ。みんなは気にしないで。すぐ戻ってくるから」

「……大丈夫なの？　アナスタシアちゃん。不安なら、僕も一緒に――」

「俺が行く」

ロビンさんの声を遮って、今まで黙って話を聞いていたユーインが立ち上がる。

「……ユーイン。でも、騎士も一緒に来ているのよ。任務をサボっていることがバレたら、ユーインも連れ戻されちゃうかも……」

「心配ない。言っただろう。俺は田舎の下級騎士。王族の護衛をするようなやつらが、俺みたいな格下を知っているわけがない。それに……おいロビン。これ、借りるぞ」

「あぁっ！　僕のお気に入りのローブ！」

ユーインは椅子の背もたれにかけていたロビンさんのローブを羽織ると、フードを深くかぶった。

「こうすれば、俺の顔なんてわからないだろう。ここまでしても、お前はついてくるなと言うつもりか？」

「うぅ……わかりました。言っておくけど、みんなに迷惑をかけないようにしたかっただけだからね」

「わかってる」

ユーインはふっと微笑むと、私の頭をぽんっと撫でる。照れくささを感じつつも、私もつられて小さく笑った。

「……へぇ。お前、そんな優しく笑えるんだな」

ギーさんが真顔でそんなことを言うものだから、ユーインの手がぱっと私から離れる。

「なっ……！　うるさい。余計なお世話だ！　行くぞ、アナスタシア」

「えっ？　待ってよユーイン！」

その場にいるのが気恥ずかしいのか、ユーインは早足でさっさと家を出て行く。私はそんなユーインを追いかけるようにあとに続くと、クロマルも一緒に走って追いかけてきた。

【ひどいよふたりとも！　アナ、僕も護衛だってこと忘れてない？】

クロマルは寂しそうな、だけど怒りも混じっているような、そんな物言いだ。

「ごめんねクロマル。クロマルも一緒に来てくれるの？」

【当たり前だよ！　それとも……アナは、魔物を連れているところを見られたくない？】

不安げな声色と共に、クロマルの尻尾がしゅんと垂れ下がる。

「ぜーんぜん。むしろ見せびらかしたいわ。私は今、魔物とこんなに仲良くやれているんだって」

【アナ！】

私はクロマルと目線を合わせるように屈んでそう言うと、クロマルは嬉しそうな声で私の名前を呼んで飛び跳ねた。

「見つけたぞ。アナスタシア」

頭上から懐かしい声が聞こえて、私は顔を上げる。ユーインも「こいつらか」と、私にアイコンタクトを送った。私は無言で、ユーインに頷き返す。

「……お久しぶりです。オスカー様。それと、アンジェリカも」

ゆっくりと立ち上がり、私は真正面からふたりを見据えた。そこには、ちっとも変っていないふたりの姿があった。相変わらず、私のことを冷たい目で見るのね。前の私だったら、そんな視線にびくびくして、機嫌を窺っていただろうけど……もう、そんな私ではない。

「しばらく見ない間に、顔つきが変わったな。ずいぶんと逞しくなった」

「そうでしょうか？　自分ではわかりかねます。おふたりも、お元気そうでなによりですわ」

そんなこと全然思っていないため、明らかな作り笑いを浮かべて私は言った。敢えてその本心を、ふたりに見透かしてもらうために。

「ああ。僕らは仲良くさせてもらってるよ。アナスタシアも——元気そうだな。驚いた。こんなところへ追放されて、罪を償う間もなく野垂れ死ぬかと思っていたが……よかったよ」

オスカー様も対抗するように、私に見え見えの嘘を吐く。この人は私にここで野垂れ死んでほしかったのだと、改めてわかった。

「オスカー様、無駄話は結構ですわ！　そんなことより——これはどういうことなのか教えて！　お姉様！」

隣で俯いたアンジェリカが、顔を上げるなりものすごい勢いで怒りをぶつけてくる。身体はわなわなと震え、普段の可愛らしい雰囲気は微塵も残っていない。オスカー様の前でこんな姿を晒すとは、ずいぶん余裕がないようだ。アンジェリカとは反対に、私の頭はやけに冷静だった。

「どういうことって、なんのことかしら？」

「とぼけないで！　……ここが終末の村？　どこがなの？　魔物は大人しいし、きちんと家も建っていて、畑もあって……お姉様は元気に暮らしてるなんて、どういうことなのかって聞いてるのよ！　わけわかんないポーションも生産してるみたいじゃない！」

瘴気が濃く魔物が昼夜問わず湧き、国外追放された方がいいと思えるほど悲惨な場所――。

そんなイメージとはすっかりかけ離れた村の現状に、アンジェリカは納得いかないようだ。

「僕からも聞きたい。ついでに……君の足元にいる、魔物との関係についても」

オスカー様は冷静でいるように見せかけているが、それが虚勢だということはわかっている。目の奥に強い怒りと焦りを宿しているのがバレバレだ。アンジェリカが感情的になるから、なんとか自分は理性を保とうとしているのだろうけど。その虚勢がいつまで持つのか見ものだわ。

「なぜ話さなくてはならないのでしょう？　あなた方は、この村とは無関係ではありませんか。私が追放先でなにをしていようと、それは私の勝手。村を変えたことについても、魔物と仲良く交流していることも、ポーションを売っていることも、おふたりには一切関係ありません」

「……村を変えたって、やっぱり、お姉様の仕業なんじゃない！」

「いいえ。これは、ここに住む者たちみんなで頑張った結果です。たしかに私はそのきっかけを与えたかもしれませんが、それについて文句を言われる筋合いはございませんわ」

「……っ！」

笑顔を消して、私は淡々と言い放つ。言い返されたのが初めてだったからか、アンジェリカは明らかに動揺して口ごもった。

「ですが、この子との関係なら答えてさしあげます。この子は私がここへ来て最初に出会った魔物で、クロマルっていうんです。可愛いでしょう？　私の護衛をしてくれているんです。……ついでに、このお方も私の護衛です」

ユーインは無言を貫いたまま、私の隣で微動だにしない。逆にそれが、妙な威圧感を醸し出している。

「エイメス伯爵の言っていたことは本当だったみたいだな。アナスタシア、君は魔物使いだったんだな？」

なぜお父様の名前が出てきたのかはわからないが、既にふたりは、私が魔物使いであるということを知っているようだ。

「はい。だったらなんなんです？」

もう、自分が魔物使いであることを隠す気など微塵もない。いいから早く話を終わらせて、この村から一刻も早く出て行って。あなたたちがいるだけで、せっかく綺麗になった空気がまた淀んでしまうわ。

「……アナスタシア、早急に、僕らと共に王都へ戻ってもらう」

「……王都に戻る？　私が？」

追い出したのは自分たちのくせになにを言っているのか。あまりにも身勝手な発言に、私は嫌悪感を露わにしてしまった。

「お言葉ですがオスカー様、それはなんの冗談でしょうか。なぜ今さら、私が王都に戻らなくてはならないのですか？　私をここへ追いやったのは、紛れもなくあなた方です」

今になって、私の無実に気づき改心したとは思えない。そうだとしたら、ここにアンジェリカを連れては来ないはず。

「王都で魔物が暴れているんだ。……言っている意味、わかるよな」

「……っ！」

オスカー様は、いつになく低い声で、私を脅すように言った。

魔物が暴れている……？　まさか、私が王都の森に通えなくなったせいで、魔物が私の忠告を聞かなくなった……？　それを理由に、オスカー様直々に私を迎えに来ているってことは――そうか。アンジェリカが結界を張れない下級聖女だってことも、既に把握済みなのね。

だからさっきからアンジェリカは、唇を噛んで悔しさで身体を震わせているんだわ。

「魔物が暴れているのなら、アンジェリカに結界を張ってもらい、魔物を止めればいいだけでは？　そうやってずっと、王都は守られていたんじゃないのですか？　ねぇ、アンジェリカ」

私はアンジェリカに向かって敢えてそう言ってみる。アンジェリカはびくりと身体を反応させると、決まりが悪そうに私から目を逸らした。いつもの自信満々な態度はどこへ行ったのやら。我が妹ながら呆れてくる。私なんて、簡単に丸め込めると思っていたの？

「それと、誕生日にくれたブレスレットもありがとうね。ここに来るときに家族への想いを断ち切るために捨ててしまったけど」

「あ……。ま、まさか、お姉様」

アンジェリカはやっと、私がブレスレットを着けていないことに気づいたようだ。そして今は、ブレスレットで私の聖女の力を故意に封じていたという事実に気づかれてしまったことを気にしているのだろう。

「おかげさまで、聖女としてもやりやすくなったわ」

にっこり微笑んでそう言うと、アンジェリカは焦ったように言葉を詰まらせる。

「そんな思い出話はどうでもいい！　いいかアナスタシア。どういうわけか、アンジェリカは結界を張ることができなくなった。広大な王都の森に結界を張れるような聖女はほかにいない。何人もの聖女で、数時間置きに何度も何度も結界を張って耐え忍んでいるが、このやり方だといずれ限界がくる。今王都の魔物を止められるのは、魔物を従わせられるお前だけなんだ」

「……だから、私に王都を助けてほしいということですね？」

「ああ。今回の件がうまくいけば、そのまま王都に戻っても――」

「お断りいたします」

都合のいい言葉ばかり並べるオスカー様を遮って、私は言った。

「……なんだと！　お前は王都の民を見殺しにする気か！　それともなんだ、魔王にでもなったつもりか？」

「そ、そうよ！　お姉様が魔物を操って、私たちに仕返ししているんでしょう？　私の聖女の力も、お姉様が奪ったんだわ！」

アンジェリカがここぞとばかりに泣き真似を始めた。

――ああ、この状況、数か月前とそっくりだわ。

私を絶望に叩き落とし、一瞬で幸せを奪われたあの日の記憶が蘇ってくる。

「……先に見殺しにしたのは、王家や、王都に住む上流階級の人々じゃない。王国にとって都合の悪い罪なき人や貧しい人を、あなたたちは終末の村という危険地帯に送って、これまで何人も見殺しにした。違いますか？」

「そんなの、我々と罪人では命の重さが違うだろう」

村には、本当の凶悪犯などひとりもいなかった。たしかに過ちを犯した人は僅かにいたけれど、どれも、こんなひどい仕打ちを受けるには値しないような罪だった。

「この国は、身分で命の重さを決めるのですね。これまでも、これからもずっと」

プルムス王国は軍事力のない小国だ。だけど、立派な聖女がいたから、魔物の脅威から逃れられていた。その聖女たちを王都に囲い、下級聖女は辺境地や町に追いやられる。

貧しい場所ほど結界は脆《もろ》く、豊かな場所だけ平和を保つ。そんな状態が続き、それに胡坐《あぐら》をかいていた王家騎士団や兵士が、今になってその報いを受けているのだ。あんなに人数がいながら、魔物から国民を守ることすらできないなんて。

「ならば私はやはり、協力はできません。私のような最底辺の身分の者が上流階級の人の命を背負うなんて、重すぎて到底不可能です」

「屁理屈を……！　昔から可愛くない女だったが、ここへ来てそれが増したな……！」

「お生憎様。私はあなたに見せる可愛さなど、持ち合わせていないだけですわ」

自分で言うのもなんだが、ここへ来てからよく笑うようになった。王都で自分に嘘をつき我慢ばかりしていたときよりも、ずっと愛嬌はよくなった……と、思っている。

【そうだ！　アナは世界でいちばん可愛いんだからな！】

「……ゴホンッ」

かつての婚約者相手を一刀両断すると、クロマルがほかの誰にも聞こえない野次を飛ばし、ユーインは不自然なタイミングで咳払いする。……絶対笑いそうになったのを堪えたんだわ。

「それに、私は王都の森に住む魔物たちに〝悪い人間以外は誰も襲わないように〟ってずっと言い続けてきた。あの子たちが暴れているなら、それは悪い人がいたからです。話はそれだけでしょうか？　でしたら、もうお話することはありません。お引き取り願います」

「おい待て！　アナスタシア！　本当に僕たちを見捨てる気か！　王都にはお前の両親だっているんだぞ！」

そんなことはわかっている。十八年間生きてきた場所だ。楽しい思い出は少なかったが、それでも、少しの幸せは感じられた場所。でも——先に見捨てたのはそっちだ。

私はワンピースをひらりと揺らして、くるりと身を翻《ひるがえ》すと、ジェシカの家へ戻ろうとした。

そんな私の腕を、傍観していたユーインが掴む。

「……本当にいいのか？　このままで。態度と言葉は強気でも、顔は曇ってるぞ」

「……ユーイン」

ユーインの深く濃く青い瞳は、私の心の奥すべてを見透かしているようだった。

「気になるんだろ。王都の人間たちと、魔物のことが。お前はこのまま放っておけるような性分じゃない」

「でも……」

ユーインの言う通りだ。このまま王都が崩壊したら、あんなにいい子だった魔物が悪とみなされる。それに、オスカー様やアンジェリカのことはどうだっていいが、なんの罪もない王都民が危険に曝されているのを知りながら、私はここで今まで通り、何事もないかのように生活できるのか。……罪悪感に耐えられるのだろうか。

「なにか気がかりになることがあるんだったら、俺に言え」

「……もし、私が王都に行けば……ここに帰ってこられないかもしれない」

私が王都に行けば、きっと魔物たちは暴れるのをやめる。それを見たオスカー様は、魔物を鎮められる私を終末の村へ帰すなんて馬鹿な真似は絶対にしないだろう。私が帰りたがっても、誰が手を貸してくれるのか。魔物に協力を頼みたいが、そんなことをして、私に協力した魔物が傷を負わされたりしたら――。

最悪の事態ばかり想定して、私は足が動かなくなった。

「そんなこと、俺がさせない」

決して大きくない声量、だけども力強い声で、ユーインは言った。

「すまないがそこのふたり。ひとつ提案をさせてほしい」

ユーインは私の肩をぐっと抱いて、再度オスカー様の方へ身体を向き直させる。

「俺と、魔物のクロマル。俺たちにアナスタシアの護衛として、王都に同行する許可をくれ。そうしてくれるなら、アナスタシアは王都に行ってもいいとのことだ」

「ちょっ……ユーイン、なに勝手なこと――」

ユーインの大きな手のひらが私の口を塞ぐ。おかげでなにを言っても伝わらなくなってしまった。

「俺が一緒なら、必ずここへ戻ってこられる」

耳元でユーインが囁く。

――そんな。ユーインも同様に、ここへは帰してもらえないに決まっている。都合の悪い人間の捨て場所を用意するような王族だ。戻ってこられる保証はない。

「……信じろ。アナスタシア」

保証はない……のに。

あまりにも真っすぐな瞳でそう言われたら……私は。

クロマルの声も聞こえて、ユーインとは反対の左側を見る。クロマルもまた、揺らぎのない瞳で私のことを見据えていた。

【アナ、大丈夫だよ】

「……わかったわ。オスカー様、ふたりに同行の許可を」

ここへ来てからずっと、なんだかんだで助けてくれたふたり。こんな頼もしい護衛が私にはいるんだ。もうなにも、恐れることなんてない。

「仕方ない。許可する。……早く馬車に乗れ」

オスカー様は渋々納得すると、私たちに馬車に乗るよう顎をしゃくって指示してきた。本当は魔物に乗って走った方が速いのだけど……仕方ない。今は従っておいてあげよう。オスカー様の頼みを聞くのは、生涯でこれが最後だろうからね。

オスカー様とアンジェリカが先に馬車に乗り込み、私たちもあとに続く。馬車の扉に手をかけた瞬間、後ろから慌ただしい足音が聞こえてきた。

「アナスタシア様っ！」

「ジェシカ！　それにギーさんとロビンさんも……！」

ジェシカの家で待機していたであろう三人が、私たちのところへ駆け寄る。

「悪い。どうしても気になって、話を聞かせてもらった」

申し訳なさそうに、後ろ頭をかきながらギーさんが言う。

「僕もアナスタシアちゃんの妹だっていうから、期待に胸を膨らませていたんだけど……うん！　やっぱりアナスタシアちゃんがいちばん可愛いって再確認したよ！　双子って聞いていたけど、見た目も中身もあまり似ていないようだね」

悪気なく、こんな状況でも笑顔の絶えないロビンさんだが、開いた扉の先にいるアンジェリカがこれをどんな顔で聞いているのかが非常に気になる。

「アナスタシア様、気を付けて行ってらっしゃいませ。それと……」

ジェシカが私の両手をぎゅうっと握って、なにか言いたげに口ごもる。私はジェシカがなにを言おうとしているのか察しがついていた。きっと、私たちが無事に帰ってくることを願う言葉——。

「もししばらく経っても戻ってこられなければ、私が……いいえ、この村のみんなで、アナスタシア様たちを迎えに行きますから！　だって、村から出るのは法律で禁止されていませんものね！」

ではなかった。予想が外れた驚きもあるが、それよりも、私は嬉しくてたまらない気持ちになる。

そうだ。私には以前と違って、信頼できる仲間がいる。つらいときに、助けてくれる仲間がいるんだ。

「ふふっ……ありがとう。そうならないよう最善を尽くすけど、もしそうなったらお願いね？」

「任せてよアナスタシアちゃん。僕は、そこそこ魔法の腕は立つからさ。あっ、大工のギーにはできることはないかもだけど……」

「うるせぇな！　俺だってその……足は人より速ぇぞ！」

必死に絞り出したギーさんの答えが面白くて、こんな状況なのに私は笑ってしまった。同時に、この日常に必ず戻ってくるんだと固く誓った。

以前と違って、馬車に乗る足取りは軽い。帰る場所があるというのは、こんなにも私を奮い立たせ、安堵を与えてくれる。

「だけどもし……アナスタシア様が王都に留まりたいと思われるならば、その意思を尊重いたします。けれどその場合、寂しいですがなんらかの方法でお伝えください。そうでないと、迎えに行ってしまいそうですから」

眉を下げて、寂しげな笑みを浮かべながらジェシカは言う。

「そんなの、ありえない未来だわ。帰ってきたら、また一緒にポーションを作ってぼろ儲けしましょう！」

ジェシカの不安を取り除くように明るい笑顔を返すと、ジェシカは目尻にうっすら浮かんだ涙を人差し指で拭った。

「はいっ……！　楽しみにしております！　あと、これはクロマルくんがお腹が空いたとき用のおやつです」

【わぁい！　クッキーのにおいがする！】

ジェシカは屈んで、長い紐のついた小さな袋をクロマルの首にかけた。ジェシカお手製のクッキーが入っているようで、クロマルは嬉しそうに飛び跳ねる。……なんだか、遠足前の子供と母親みたい。

「じゃあ、行ってきます」

私が三人に手を振ると、王都行きの馬車は勢いよく走り出し、終末の村はあっという間に見えなくなった。

オスカー様、アンジェリカ、ユーイン、クロマル、そして私。

最低最悪に合わないであろう面子《めんつ》を乗せた馬車内の空気は……今すぐ窓から飛び降りたいほど淀んでいる。初めて終末の村に来たときに感じた空気よりも。

「オスカー様。先ほどの言葉聞きました？　こんな村で暮らす罪人が、私よりもお姉様のほうが可愛いって！」

この空気で最初に口火を切ったアンジェリカの言葉に、私はぎくりとする。

――やっぱりロビンさんのあの発言、ばっちりアンジェリカに聞こえていたんだわ。

「私、初対面の方にあのようなこと言われてとってもショックですわぁ。ねぇ、オスカー様はどう思われます？　かわいそうなアンジェを慰めてください……」

腹の内は怒りで煮えくり返っているくせに、オスカー様の前だからか悲しみをよそおっているのか。アンジェリカはうるうる瞳を潤ませて、泣き真似をしながら隣に座るオスカー様の身体にもたれかかった。

たしかに、これまでずっと「アンジェリカの方が可愛い」と持て囃されてきたものね。悔しくて、私の前でわざとオスカー様といちゃつくことで鬱憤を晴らしたいのだろう。そんな姿を見せ付けられても、今となっては感情が乱れることなど絶対にないけれど。

「……ねぇオスカー様？　聞いておられますか？　婚約者を侮辱するってことは、オスカー様のことも一緒に侮辱しているのと同じことですわよ」

なんの反応もないオスカー様にしびれを切らし、アンジェリカはオスカー様の袖口を引っ張りながら頬を膨らませる。ああいういかにもぶりっこな仕草に、オスカー様は弱いのだ。

はぁ。なにを見せ付けられているのやら。これからオスカー様がアンジェリカを甘やかす姿をしばらく見せられるのかしら。大きなため息を吐きたいのと苛立ちをなんとか抑え、私は真顔でふたりのやり取りを眺めることに徹する。

「しつこいぞアンジェ」

「きゃっ！」

だが、予想外なことに、オスカー様はアンジェリカの手を振り払い、むすっとした顔でそっぽを向いた。

「僕は今、君を慰める気分にはなれない。……面倒だ」

「っ！」

私に仲のよさを見せ付けるつもりが冷たくあしらわれ、アンジェリカはみるみる顔を真っ赤にさせる。相手にされなかった羞恥心と、オスカー様への怒りだろうか。

正直、私もびっくりだ。ふたりがここへ来たときからなんとなく、少し違和感はあったけれど――。

それから、アンジェリカはあからさまに不機嫌な態度を露わにした。思い切り背もたれにもたれかかり、足も腕も組んでいる。こんなに行儀の悪いアンジェリカを両親が見たら、びっくりするのではなかろうか。

まぁ、余計ないちゃいちゃを見ることにならなくてよかったと思っておこう。そう思っていたら……。

「アナスタシア、顔色が悪いな。大丈夫か？」

「えっ？」

突然、ユーインが心配そうに私の顔を覗き込んできた。結構な至近距離にユーインの顔があり、ローブで見えづらいとはいえ、この距離だと私からははっきりと見える。

「大丈夫よ。心配ないわ」

「そうか。なにかあったら俺を頼れ」

「え、ええ。ありがと――きゃあっ！」

ユーインったら急にどうしたの⁉と思っていると、馬車が大きく揺れた。その衝撃で壁にぶつかりそうになる私の身体を、ユーインが抱き留めて支えてくれる。

「怪我はないか？　アナスタシア」

「おかげさまで……。ありがとう、ユーイン」

「礼を言われる筋合いはない。護衛だから当たり前だ」

なぜか終始優しいトーンで、ユーインは私を気遣うような言動と行動を取り続けている。ちらりと前方に座るアンジェリカの方を見ると――思い切り後頭部をぶつけたのか、痛そうに手でぶつけた箇所を押さえながら、ものすごく不機嫌そうな顔で私の方を睨み付けていた。

……あんなことがあったあとに私がユーインに優しくされていることが気に入らないんだわ。まだまだ王都に着くまで時間がかかるし、これ以上アンジェリカの機嫌を損なうと面倒だから、ユーインにもできるだけ大人しくしてもらわないと！

「あの、ユーイン……」

視線でこの地獄のような空気を察してもらおうとすると、なにを思ったのか、ユーインが私の手を握ってきた。

「わかってる。こいつらと王都へ行くのが不安なんだろう？　俺が手を握っててやる」

「……ユーイン、どうしたの？　ジェシカの家で悪いものでも食べた？」

「なにを言ってるんだ。俺はただ、アナスタシアにもっと甘えてほしいんだ」

なぜかキザ男のようになっているユーインに、私はくらくらと眩暈がした。いつもロビンさんやクロマルの前で悪態をついているユーインはどこへ行ったのか。まったく今のキャラが掴めない。問いただそうにも、オスカー様とアンジェリカがいるからできないし――って……。

そのとき、私はとんでもないものを見てしまった。ユーインが楽しげに、しかしとっても悪い顔で笑っていたのだ。その笑顔を見て、私はやっと理解する。きっとこれは、アンジェリカへの嫌がらせなのだと。

案の定、アンジェリカはユーインに大切に扱われている私を見てさらに不機嫌モードになった。オスカー様もうざったそうにしているのが表情に出てしまっている。

きっとこの状況を楽しんでいるのはユーインだけで、私と、そしてオスカー様もずっと「アンジェリカに余計なことをするな」と思っていたに違いない。その間、クロマルは寝息を立てて寝ていたのだから、のんきなものである。

……それにしても、ユーインがロビンさんのローブを借りていてよかった。ユーインって、ものすごく綺麗な顔立ちをしているから。今日、オスカー様と並んでいるところを初めて見たが、最初に思った通り全然負けていない。

むしろ……ユーインの方がかっこいいと改めて思った。

アンジェリカがそんなユーインの素顔を見たら、怒りは倍増していたことだろう。もしかすると、ユーインにアプローチを開始していたかもしれない。


「到着だ。降りろ」

そんなこんなで、ひと悶着ありながらも、馬車は王都の森付近へ到着した。

——長かった！　丸一日馬車に乗り続けたみたいな疲労感だわ！

「はぁっ！　やっと降りられる！　この馬車にいると息が詰まって仕方なかったわ！　見たくもないものを見せられて、本当に不愉快！」

アンジェリカはぷんすかと怒りながら馬車を降りる。ため息を吐きたいのはこっちだと思いつつ馬車を降りると、アンジェリカが急にこちらを振り返った。

「……お姉様、魔物使いだからって調子に乗らないことね。このままでは終わらせないんだから」

私にだけ聞こえるくらいの声量で言うと、アンジェリカは私を恨めしそうに睨み付ける。私は黙って、憎悪の込もった眼差しを見つめ返した。

「私が下級聖女だなんて……。お姉様が王都を守っていたなんてありえない……」

ぶつぶつと呟きながら、アンジェリカは一足先を行くオスカー様の背中を追いかけていく。

自分がいちばん可愛くて、目立たないと気が済まない――アンジェリカのその意識は、今でも健在のよう。そこに、そのすべてを壊した私への憎しみまでプラスされている。

アンジェリカが私を陥れなければ、私はずっと彼女の代わりに王都の魔物を制御していたことだろう。なにも気づかず、ブレスレットを大事にしていただろう。今となってはそんな人生を恐ろしく思うが、当時はなんの疑問も抱かなかった。この事態を招いたのは私でも魔物でもなく、自分自身の傲慢さからだと、アンジェリカが気づく日が果たして来るのかしら。

「どうした？　久しぶりの王都に足がすくんでいるのか？」

馬車を降りて立ちすくむ私に、背後からユーインが声をかけてきた。クロマルもお目覚めのようで、眠たげに目を細めて私の足元に擦り寄ってくる。

「全然。というか、これからのことを考えると、王都の景色を見ることすら忘れていたわ」

約半年ぶりの王都。生まれてからずっといた場所なのに、そこまでの懐かしさを感じない。まだ離れてからそんなに経っていないせいかしら。

「というかユーイン！　馬車の中で、私をだしにしてアンジェリカをからかっていたでしょう！　そのせいで最悪な空気だったんだから！」

「ああ。あんなに地獄みたいな空気を味わったのは久しぶりで楽しかった」

怒っている私とは裏腹に、ユーインは思い出し笑いをしながら、楽しそうに言う。

「だが、あの女に嫌がらせをしたいためだけにアナスタシアを気遣ったと思われるのは少し癪だな」

「……？　ほかに理由がないじゃない」

「あの女、アナスタシアの元婚約者と仲良くしているところを見せ付けようとしてきただろ？　だから、仕返ししてやった。といっても、俺の標的はどちらかというと王子の方だ」

「オスカー様に？」

ユーインは頷く。

「俺は俺で元婚約者のあいつに、俺とアナスタシアの仲を見せ付けたかったんだよ」

満足げにそう言うと、ユーインは私を追い越して先に森へと足を進める。

【……ユーインこの数か月で丸くなったなぁ。嫉妬するなんて、可愛いところあるね。今のもさ、照れてる顔見られたくないんだよ】

完全に覚醒したのか、クロマルがユーインの後ろ姿を眺めつつ、感慨深そうに呟いた。そうか。ユーインったら、オスカー様に嫉妬していたのか。

「ん？　でも、どうしてオスカー様に嫉妬を？」

私の元婚約者に嫉妬する理由などあるのだろうか。最近、ユーインとはこれまでより仲良くさせてもらってる。でも、あくまでそれは友情として……よね？　だってユーインみたいなかっこよくて強くて素敵な人が、私を好きになるわけないもの。……そう、好きにはならない。だから私も、期待はしちゃダメ。

【えぇっ？　アナ、まだわからないのっ？　うーん。まぁ、そのうちすぐわかるだろうし、僕の口から言うのはやめておくよ】

クロマルは私の態度に不満を露わにした。クロマルが私を見て眉間に皺を寄せたのは初めてのことだ。

あんなにユーインを怖がっていたクロマルが、ユーインを理解しているような口ぶりで話す様子を見て、クロマルもユーインとの確執がようやくなくなってきたのかな？なんて思ったりしていると、ユーインの背中がどんどん小さくなっていることに気づき、私は急いであとを追った。

森に着くと、何人もの王家騎士団が魔物たちと戦っている真っ最中だった。

「アナスタシア！　アナスタシアはまだか！」

先に到着したオスカー様が、なぜか肩に傷を負い腰を抜かして私の名前を叫んでいる。たった数分の間になにが起きたのか——詳しくは、あとで魔物たちに教えてもらおう。

「みんな！　私よ！　争いはやめて、一度落ち着いて！」

私は魔物が群れている場所まで走ると、自分が戻ってきたことを伝えるために声をあげた。

すると、魔物たちがぴたりと動きを停止する。

【アナ！】

【アナスタシア！】

【本物か⁉　会いたかった！】

そして、次から次へと魔物が飛び跳ねながら私のところに集まって来た。

「私も会いたかった。ごめんね。急にいなくなって……」

緊迫したムードは一変、私とその周りだけ、和やかムードになる。この異様な光景に、ユーイン以外の人たちは唖然《あぜん》としていた。この感じ、村でも散々味わったなぁと、王都へ来てから初めて懐かしさを感じた。懐かしむ対象が村だというのは、ちょっとおかしな話だ。

「それにしても、どうしてこんなことに？　悪い人でも出たの？」

【それは私から話そう】

すると、群れたちの後ろから、この森でボスと呼ばれている魔物、ドレイクが現れた。

「久しぶり。ドレイク」

私が挨拶すると、ドレイクの身体がみるみると成長していく。大きめのトカゲくらいだったのが、あっという間に森の木々たちを超えるほどの大きさになった。

「わぁ。ドレイクの真の姿、久しぶりに見たわ！」

ドレイクは赤い竜の魔物だが、魔力で自分のサイズを変えることができるらしい。元の身体は大きくて目立ってしまうため、普段はサイズを小さくしたり、中くらいにしたりしていることが多かった。

「わぁぁっ！　出たぞ！　超大型魔物だ！」

真の姿になったドレイクを見て、周囲にいた騎士たちが叫ぶ。よほど怖いのか、走ってドレイクのそばから逃げていく。これが王家騎士団とは……情けなさすぎるんじゃないかしら。

【アナスタシア、久しぶりだな。私がこいつらにアナスタシアを返せと言い続けたんだ】

「そうだったの？　ごめんね。ドレイクに挨拶もせず王都からいなくなって」

ドレイクは何百年も生きてきた魔物だ。そのため、自身の言葉を人間に伝える力を得ている。はっきりと会話することは難しいが、用件を伝えるくらいは容易かったのだろう。

【いいや。私たちは、アナスタシアが自らの未来を決めて、どこかへ旅立ったと思っていた。寂しくはあるが、アナスタシアの願いだけは守ろうと、王都の森から外へ出ることはなかった。だが……カラスからある情報を聞いたんだ。アナスタシアは、妹と婚約者に裏切られて王都を追放されたのだと】

どうやらカラスが私の話を聞き付け、巡り巡ってドレイクやほかの王都の魔物たちの耳に、届いたようだ。

【アナスタシアの妹はいつもアナスタシアと一緒にいたから覚えていた。婚約者も話を聞いていたから知っている。そいつらを呼び寄せるため、わざと暴れた。そして、妹に聖女の力がないことを知らしめてやった】

「……なるほどね。人を襲うっていうよりは、私の代わりに悪事を暴こうとしてくれたんでしょう？」

周りを見渡しても、血を流している騎士や兵士はひとりもいない。暴れたのは事実でも、怪我を負わせることは避けてくれたようだ。

【ひとりだけ、お灸《きゅう》を据えることになったやつがいるが、あいつに関しては目を瞑ってほしい。ほかの魔物が怒りを抑えきれなくて肩に噛みついたんだ。傷はそんなに深くはないはずなのに、あいつはひっくり返ってぎゃあぎゃあ喚《わめ》き散らしている】

ドレイクの視線の先には、肩を押さえて大袈裟に痛がっているオスカー様の姿が。オスカー様が傷を負っていたのはそういうことか。

「……うーん。それに関しては、正直ナイスかも」

見たところ大した傷ではない。聖女の力であっという間に治せるレベルだ。それにしても、治るまでいつまでも喚いてそうな雰囲気である。

「ありがとうね。ドレイクもほかのみんなも。私は今、ここからは遠く離れた村で暮らしているの。王都からは追放されたけど、とても楽しい毎日を送っているわ」

【そうか。しかし、アナスタシアに会えないというのは我々にとってはつらい。いなくなって気づいたんだ。この森の魔物はアナスタシアを好いていて、アナスタシアによって落ち着きを保っていたんだ】

ドレイクは続けて言う。本心は、騒ぎを起こすことで私が戻ってくるかもしれないと期待していたのだと。そんなことを言われたら、私もちょっぴり胸が痛い。王都の魔物たちに、とても寂しい思いをさせてしまっていたんだ……。自分が魔物使いとしてまだまだだと、思い知らされた。

【だが、我々は今後もアナスタシアの意向に従う。ただ今回のようにこちらが〝悪いやつ〟と判断した場合は……暴れることを許してほしい】

「そうね。その判断はあなたたちに任せるわ」

私は十年以上ドレイクたちのそばにいたから、みんながどんな性格をした魔物なのかを知っている。下手に人間を殺めることはしないと断言できるし、オスカー様やアンジェリカより頭もよく、理性が働くはずだ。判断を任したとて、心配はない。……なんなら、王都でいちばん信頼できるのはドレイクかも。

【さあ、遅くなったが再会の喜びを受け止めてくれ。みんなアナスタシアに会うのを心待ちにしていたんだ！】

その言葉を合図に、魔物たちが私に飛びかかってきたり、頭に乗ってきたり――。ドレイクも私の身体に長い胴体を巻き付けて密着してくる。鱗《うろこ》の感触が懐かしい。最近はクロマルのもふもふに慣れていたけれど、固い鱗もまた違ったよさがある。

気になってクロマルの方をちらりと見ると、ユーインの隣で大人しく丸くなっていた。手がかからない、聞き分けのいいところまで、前世で飼っていた黒丸に似ている。内心寂しがっているかもしれないから、あとでたくさんクロマルを構ってあげないと。……ついでに、ユーインも、なんて。

とりあえず今は、存分に王都の魔物たちとの再会を楽しむことにしよう。

「もう～くすぐったいわ。みんな。うふふ」

まるでペットに囲まれた飼い主のようだ。そうやってしばらく再会の戯れを堪能しつつ、騎士や兵士によって負わされた怪我も治してあげた。

二十分ほど経つと、魔物たちは満足したようで、森の奥へ戻ることになった。

「またね！」

大きく手を振って、魔物の大群を見送る。魔物たちは私に返事をするように各々鳴き声をあげると、そのまま大人しく深い森の奥へと消えていった。

「……いくら攻撃しても絶対に退かなかった魔物が、簡単に去って行った」

「それに、俺たちが戦っていたときとは全然違ったぞ。あんなに殺気立っていたというのに……まるで借りてきた猫みたいに大人しくなって……これが魔物使いか」

離れた場所から様子を窺っていた騎士たちが、魔物がいなくなった途端ざわざわとし始める。

――さてと。たいへんなのはこれからね。

魔物はちゃんと私の言うことを聞いて暴れるのをやめてくれた。しかし、オスカー様やアンジェリカは、このまま「ありがとう。もう帰っていいよ」なんて絶対に言わないだろう。私の言うことなどまったく聞かないツートップと言ってもいい。

「アンジェリカ！　これくらいの傷も治せないのか！」

「ま、待ってください。そんなこと一度に言われたって……！」

オスカー様の怒声が聞こえた方に視線を向けると、そこにはアンジェリカが必死でオスカー様の傷を治していた。だが、うまくいっていないようだ。あれくらいの傷、下級聖女でも治せるレベルなのに、どうしたものか。

「先に戦いで疲労した騎士の体力を回復させられたことで、聖女の力を使い果たしたんだろうな。下級ランクの聖女は、短時間に何名もの傷を癒したり回復させたりすることはできない」

いつの間にか近くに来ていたユーインが、アンジェリカの方を見てそう言った。どうやらアンジェリカは、騎士たちの回復をオスカー様に命じられていたようだ。そのせいで、オスカー様を治すための力を使い果たしてしまった。

アンジェリカは森に結界を張るという大きな仕事を請け負っていた。だから、怪我人の治療などというほかの聖女でも行える仕事は、ほとんど免除されてきた。そのため、誰もアンジェリカの違和感には気づけなかったのだ……本人でさえも。

「もういい。……君は本当になにもできないんだな。母があのアリシアというだけで、みんな勝手に君をすごいと思い込んでいた」

オスカー様はアンジェリカの手を振り払うと、苛立ちを露わにして私の方へと歩み寄ってきた。

「アナスタシア、僕の怪我を治せ」

そして偉そうな態度で、私に肩をずいっと差し出してくる。普段は優しい物言いで、国民からも慕われているのに……自分のテリトリー内ではこうも豹変するとは。これがオスカー様の本性なのだろうが。

アンジェリカも今日こうなるまで、オスカー様の本質を見抜けていなかったのだろう。ないがしろにされたアンジェリカは、ふーっと荒い呼吸を繰り返して爆発寸前の怒りをなんとか抑え込んでいるように見える。互いの虚像を愛していたことに、ようやくふたりとも気づけたってところかしら。ここからどうやって持ち直すのか、このまま終わりを迎えるのか……まぁ、もう私には関係のないことだ。

「おいアナスタシア。怪我を治せと言っているんだ。さっき魔物の傷を治してやっていただろう。まさか、人間の傷は治さないとでも？　君は魔物の味方しかしないのか？」

変な言いがかりをつけられ、私は眉間に皺を寄せる。

「いいえ。そんなことはありません。ただ、私は今王都に仕える聖女でもなければ、あなたの婚約者でもございません。助ける相手は自分で選ばせていただきます」

「……な、なんだと」

「で、私はこれからどうすれば？　用がないなら、帰らせていただきたいのですが」

髪をサラっとかき上げて言うと、目の前のオスカー様はぷるぷると震え始める。

「いいかアナスタシア、君を今から念のため大聖堂へ連れていく！　無論、僕の怪我を治してからだ。言うことを聞かなければ、いつまで経っても帰れないぞ」

言うことを聞いたとて、大人しく帰してもらえるとは思えないけど……。でも、ここで時間を食うのはもったいない。私は渋々、オスカー様の怪我を治してあげることにした。

「はあ……面倒くさい……」

治している間に、つい心の声が漏れてしまった。

「あ、ごめんなさい。つい本音が」

左手を口元にあて謝罪するも、オスカー様は私を睨むばかりで許してくれそうにない。ついでに、怪我を治したお礼すら言ってもらえなかった。……鼻から期待もしていなかったけどね。

その後、私たちはまた馬車に乗り、王宮近くにある大聖堂へと連れていかれた。ここには年に一度ある聖女の会合……みんなで一斉に平和を祈る、祈禱《きとう》会でしか来たことがない。それも、十六歳のときにたった一度だけ。聖女の力が開花する前は、大聖堂の前でアンジェリカを待っているだけで、十七歳の頃は、聖女としての能力値が低すぎるといって参加させてもらえなかった。

「アナスタシア、あそこに置いてある魔法石に光を発動しろ」

いちいち命令口調なのが癇に障るが、私は大人しく従った。すると、魔法石が虹色に輝き、薄暗い大聖堂を照らした。

「わぁっ！　ユーイン、クロマル、見て！　とっても綺麗な光！」

眩しさに目を細めて、振り返ってふたりに笑いかける。そのとき、オスカー様とアンジェリカの姿も視界に入った。なぜかふたりとも、目を丸くして固まっている。

しばらくすると魔法石は元に戻り、大聖堂はまた薄暗さに包まれる。

「ああ、戻っちゃったわ」

これはなんだったのだろう。言われたことはやったので、もうふたりのところへ戻っていいだろうか。

「こんなこと、あってはならないわ！」

私が一歩踏み出したそのとき、アンジェリカが叫んだ。私は思わず足をぴたりと止め、その場に立ち止まる。

「これでやっと証明できた！　お姉様が、私の聖女の力を盗んだのよ！」

アンジェリカは私を指さして、そんなことを言い出した。

「盗まれた？　これまで聖女の力が衰えることはあっても、誰かに盗まれたなんて聞いたことがない。それが事実なら、いつどうやって盗まれたか教えてくれ。アンジェ」

オスカー様がアンジェリカを問い詰める。さっきまでの呆れた視線でなく、どこか期待を込めた瞳で。オスカー様は僅かでも、アンジェリカの主張を信じたいと思っているのだろうか。

私はこれからアンジェリカがどうやって反撃してくるのかを、黙って見守ることにした。

「それは……私がお姉様を終末の村までお見送りしたときです！　馬車の中は私とお姉様のふたりきりでした。私は急に眠くなって……気づいたら、お姉様はもういなかった。きっと、お姉様は私に謎の魔力を使ったんです。だって魔物使いなんて妙な力を持っているんですもの！　それくらいできるわ！」

「……たしかに、アナスタシアの魔物使いの力がどんなものか、まだはっきりとわかってはいないな」

「そうでしょう⁉　今回のことは、お姉様が王都に戻りたいがための自作自演にすぎない。完全に私から聖女の力を奪った瞬間に魔物たちを暴走させ、自分に救いを求めにこさせた……。ひどいわお姉様、一度でならず二度も、私を陥れようとするなんて。そんなに私になんの恨みがあるの？」

オスカー様がアンジェリカ寄りの意見を口にしたせいで、アンジェリカがまた調子に乗ってしまった。こんな屁理屈も嘘泣きも、通用するはずがない。こんなに頭が悪い妹に一度でも嵌められたとは――間違いなく、私の人生の汚点だ。

「その言葉、そっくりそのままお返しするわ。あなたは私よりずっと期待も注目もされてきたのに、どうしてそこまで私を潰したがるの？」

そろそろ茶番は終わりでいいかしら。私の新しい人生の邪魔さえしなければ、この秘密は墓場まで持っていってあげようと思っていたのに残念だわ。

「私はあなたの聖女の力を奪っていないし、大体そんな術はもちろん知らないわ。魔物使いっていうのは名称通り、魔物を従わせることができるだけで、それ以上でも以下でもない。もし私が得体の知れない魔力を持っていたのなら――あなたたちに裏切られたときに、それを発動していたでしょうね」

あのときの私の絶望っぷりといったら、すごかったんだから。それを特等席で愉快そうに眺めていたオスカー様とアンジェリカなら、私の無様な姿を覚えているでしょう？

「ち、違うわ。お姉様は……そう！　私があげたブレスレット。天然石のひとつを細工して、呪いのかかった魔法石にしたのを知ってるわ！　思い出した。お姉様は馬車の中で私に無理やりそのブレスレットを着けさせて、私の聖女の力をすべて吸い取ったのよ！」

「……あなた、なにを言っているの？」

あまりにあきれてため息をつく。それらはすべて、アンジェリカが私に行った悪事だ。

「ブレスレット……？　ああ、たしかにいつも身に着けていたな」

オスカー様は思い出したように呟いた。

「あのブレスレットには黒い石がついていた。その中のひとつが魔法石だったのを、私は知っているんだから」

「そりゃあ、あなたは知っていて当然でしょう……」

だって、アンジェリカが用意したものなんだから。

「ということは認めるのね？　あのブレスレットで、私の力を奪ったって！　私に力が戻らないように破棄したのね！　証拠が残らないように！」

捨てたとは言ったが、そんな理由ではない。

「アナスタシア……そうなのか？　君がアンジェリカの聖女の力を奪い取り、証拠を隠滅したと？」

「私はそんな面倒なことしていないわ」

「していないかどうかは、ブレスレットを確認しないと証明できないわ」

アンジェリカが自身よりに傾いた空気を壊さないよう、必死に噛みついてくる。

「待て。やったかどうかも、確認しないと証明できないだろう。馬鹿なのか？」

黙って聞いていたユーインが、呆れた声で口を挟んだ。この妹に騙されたなんて信じられないという呆れもユーインの声色に込められている気がして、当時の自分の情けなさを恥じる。

「どっちも証明できないのだとしたら、私は言い続けるわ。お姉様に力を奪われたと！」

「……なるほど。それが狙いか。質《たち》の悪い女だな」

ユーインは納得したように呟いた。

そう、アンジェリカはそもそもブレスレットの件を証明する気などない。むしろ、私が捨てたことを知って、証明できないとわかっているからこそこんな嘘を声を大にしてついているのだ。

いくら私が魔物使いだとしても、王都ではまだ、アンジェリカを支持する者の方が強い。オスカー様さえ味方につけられれば、逃げ道があると確信しているのだ。

「……呪術は呪いをかける側の血液を必要とする。そして、今回のケースが事実ならば、アナスタシアの血液が必ず石に付着していないとおかしい。鑑定魔法で誰の血液か簡単に調べられるんだがな」

ユーインがぼそりと呟く。

呪術なんて詳しくないし、学ぼうとも思わなかったため、そんな手順があるなんて初耳だ。ということは、ブレスレットさえあれば簡単にアンジェリカの嘘を暴けるということ。

「アナスタシア、ブレスレットは本当に捨ててしまったのか?」

「……ええ。終末の村へ着いた瞬間にね」

あのブレスレットは、私とアンジェリカを繋ぐ思い出の品。その数々の思い出を断ち切りたくて、私はブレスレットを捨てたのだった。あのブレスレットが、ここへ来てアンジェリカを追い詰める証拠になるとは。当時はまさか呪いがかけられているなんて思いもしなかったから、気にも留めなかった。わかってからも、そんな恐ろしいものを回収する気は起きなかったため、ずっと放置していた。

「ほうら！　証拠がないのなら、この話はただの水かけ論よ。話し合うだけ無駄だわ。どちらの言葉を信じるのかは、国民に決めてもらえばいいのよ」

焦った顔をしていたアンジェリカが、勝ち誇ったような、その上安堵しているような笑みを浮かべて言う。

【あの、アナ】

私がアンジェリカの煽りに乗らないよう、一生懸命悔しさを表に出さないようにしていると、クロマルが私のところへてくてくと歩いてきた。

「……どうしたの？　クロマル」

【これ。アナの探してるもの】

クロマルは首にかかっていた小さな袋を、私に開けるよう急かす。これは、ここへ来る前にジェシカがクロマルに預けたクッキーだ。

言われるがまま袋を開けると、甘いにおいが鼻を掠《かす》める。そして小さなクッキーの破片の中から……私が捨てたはずのブレスレットが出てきた。

「どうしてこれを⁉」

手に持って何度も確認する。正真正銘、私がアンジェリカにプレゼントされた呪いのブレスレットだ。

【実は――】

クロマルは、自分がなぜブレスレットを所持していたのか、経緯を話し始めた。

クロマルいわく、ジェシカと薬草採集に出かけていた際に、カラスがこのブレスレットを運んできたと。カラスは上空から私がブレスレットを捨てた場面を見ており、所有者が私だと知っていたようだ。そのまま拾ってはみたものの、捨てていた私に返すのもどうかと思い、しかしまた捨てるのも気が引けて……クロマルをこっそり尋ねたみたい。

【それで、ジェシカに代わりに持っておいてもらったんだ。ジェシカとは会話はできないけど、ジェスチャーでこれは元々アナのものだって伝わったよ】

どんなジェスチャーをしたのだろうか……。ものすごく気になる。

【ジェシカはアナにこれを返そうとしていたんだけど、僕が必死で止めたんだ。アナにとっては、もう見たくない代物だろうから。ジェシカは察してくれて……それで、ずっと家のどこかで保管していたんじゃないかな。今日、この袋にブレスレットを入れたのは、ジェシカなりの気遣いだったのかもね】

「そっか。ジェシカはなんでクロマルが私に返すことを止めたのか、理由を知らないものね」

もしかしたら、私がブレスレットを必要とする日が来るかもしれない。そう思って、このタイミングでクロマルに持たせたのだろうか。……私が終末の村に戻るという選択をしなければ、もう返す機会がないから。

「……ジェシカったら、どこまでも優しいんだから」

「そうか？　俺はなにか別の意味があると思うぞ。あの女は案外、腹黒い気がする」

私がジェシカの粋な計らいにじーんとしていると、ユーインが水を差すようなことを言ってきた。

「ありえないわ！　ジェシカは純粋で真っすぐないい子なのっ！」

すぐさま反論すると、うるさいと言わんばかりにユーインは耳を塞いだ。

【それよりアナ！　せっかく証拠が手に入ったんだから、あの悪いやつを追い詰めないと！】

「あっ、いけない」

忘れるところだった。私はブレスレットをアンジェリカに見せ付けると、にぃっと悪い顔を浮かべて笑った。

「残念ねアンジェリカ。これが証拠よ。すぐに鑑定魔法を頼みましょう。あなたの言うことが本当なら、私の血液がついているはずよ。……もしほかの人の血液がついていたら、その人が私に呪いをかけようとしたことになるけどね」

サーッとアンジェリカの顔が青ざめていく。この調子だと、血液が鑑定魔法でバレることも知らなかったようね。ましてや自分の血液だとわかれば、私にしたことまでバレて大騒ぎだもの。

「それはっ……私があげたブレスレットじゃないわ！　別のものを用意したのね！」

「見苦しいぞ、アンジェ」

「っ……オスカー様」

「無実だったなら、ブレスレットが出てきて焦る必要なんてない。……これ以上喚いても、恥を晒すだけだ。このブレスレットをアナスタシアがずっと身に着けていたことは、元婚約者の僕も当然覚えている。そして今日一日ではっきりわかった。王都を守っていたのはアナスタシアで、アンジェではなかったと」

「そ、そんな……どうして……！　オスカー様、聞いてください。私、本当に知らなかったの。自分がまさか、結界を張れていなかったなんてっ……！」

とうとう膝をついたアンジェが、オスカー様の足に縋《すが》りつく。オスカー様は鬱陶しそうな顔をして、アンジェリカを蹴る勢いで足を振ると、アンジェリカはよろけて腕を解いた。

「言い訳なんて聞きたくない。結局は、僕を騙していたんだからな」

アンジェリカはどうあがいても、もうオスカー様に信じてはもらえないと気づいたのか、長い髪の毛をぐしゃぐしゃとかきむしり、小さな声で呻いている。

……アンジェリカが自分が下級聖女だという自覚がなかったのは本当だ。周りもアンジェリカを持ち上げて、甘やかすことしかしなかった。それもまた罪だと私は思う。

自分を特別だと思わせてくれていた聖女の力と、オスカー様からの愛情を同時に失ったアンジェリカ。血を分け合った双子として、少しかわいそうだと思うけど……オスカー様がこういう人間だってことは、あなただって知っていたはずじゃない。元婚約者の私をあっさりと切り捨てたんだから、自分にもその刃が向く可能性があったはずなのに。あなたのことだから、〝私は本気で愛されている〟と思ってしまったんでしょうね。

「アナスタシア」

アンジェリカに悲痛の眼差しを送っていると、オスカー様が私の名前を呼んだ。

「数々の無礼を許してほしい。僕はやっと目が覚めたよ。強く可憐な君こそ、僕の隣に相応しい」

オスカー様は私の目の前まで来ると突然ひざまずき、許しを請い始めた。突拍子がなさすぎる行動に、私もユーインもクロマルもみんな揃ってぎょっとする。

「どうか王都へ戻って来てくれないだろうか？　君が王都を守っていたのだから、待遇は最高のものにしよう。魔物使いのアナスタシアがいたら、プルムス王国は世界でいちばん平和な国となる。アナスタシア、もう一度、僕と婚約を結びなおそう」

すぐそばにアンジェリカがいるというのに。この男は、私たち双子どちらにも同じ苦汁を舐めさせるのね。結局オスカー様は、魔物使い兼聖女である私の希少価値が高いとわかったから、私を選んだだけ。そこに愛なんて存在しない。

「馬鹿なことを仰らないでください。私がそんな見え透いた嘘を信じるとでも？　私はもう王都へは戻りません。終末の村へ帰ります」

差し出されたオスカー様の手を素通りして、大聖堂の出口へ向かうと――。

「言うことを聞かなければ、村ごと潰すぞ。それでもいいのか！」

背中越しに、オスカー様の脅迫ともとれる怒声が飛んできた。

「それは脅しでしょうか？　一国の王子ともあろう方が、そんな発言をしてよろしいのですか？」

振り返って、私は冷静に言い返す。

「王子だからこそだ！　実際あんな掃きだめ、いつ処理してもよかったんだからな」

「村に手を出せば魔物たちが黙っていないわ。オスカー様も知っているでしょう？　終末の村は瘴気が濃く、魔物も多い。プルムス王国に、魔物に勝つ術が聖女の結界以外におありで？」

王家騎士団も大した実力じゃあなかったくせに。あれを見ていると、ユーインが下級に甘んじている意味がわからない。田舎出身だから、なかなか出世できないとか、ここでも上下関係が邪魔をしているように思える。

「術ならあるさ」

「……？」

妙に自信満々のオスカー様を前に、私は思わず顔をしかめる。

「隣国のバルージア王国が、終末の村を鬱陶しがっていてな。バルージアとの国境近くに終末の村があるせいか、周辺の森に住む魔物が隣国まで被害を及ぼしていたらしい。それで、バルージアから抗議された。だが我々の軍事力ではどうすることもできない。そう言うと、向こうが必要ならば手を貸すと申し出てくれた。その代わり、終末の村の領地をバルージアに渡すという条件付きでな」

「バルージア王国が？」

　バルージア王国。それはプルムスに隣接する先進国。軍事力に関して定評があり、その強さと賢さで、どんどん国を大きくしていっている。特に騎士の育成には力を入れており、魔物の討伐力があまりに優れているせいで〝聖女いらず〟とも言われていた。特に凄腕の騎士が集まるバルージアの聖騎士団は世界からも注目を浴びるほど。実力ある聖女の輩出に力を入れているプルムスとは、ある意味真逆とも言える。

　そんな国が領地を広げるために、終末の村を潰しにかかってきたら――。全滅とまではいかなくとも、必ず誰かしらが傷つく。

「そうなった場合、村の住人たちはどうするんですか。ほかの場所へ避難させるのですか？」

「なにを言っているアナスタシア。言ったろう。〝村ごと潰す〟と」

　……自国民であろうと関係ないと。どこまで最低な人間なの。こんなのが国民からいちばん慕われているなんて、その時点でこの国は終わりね。

「だが、アナスタシアが王都に残り、これからもずっと王都の魔物を従わせてくれるか、森に結界を張ってくれるならば、そんな非道な真似はしない。できるなら僕だってそんなことはしたくないんだ。理解してくれ」

「……なぜ私が王都に留まらなくてはならないのですか。魔物たちなら私の教え通り、人間が悪さをしなければ暴れません。ならば、結界も必要ないじゃないですか」

「いいや。魔物など信用できない。アナスタシアがいなくなったら、また〝アナスタシアを返せ！〟と騒ぎだすに決まっている。絶対に暴れないという保証はない」

それに関しては、私もなんとも言えない。私は出会ったことのある魔物を従わせることができるが、各々の意思すべてを思い通りにできるわけではないのだ。魔物たちがもう暴れないと言っても、実際本当にそうかは、今の時点ではわからない。今回のように魔物たちにとって不都合なことが起きたら、同じような事態が起きることはありえる。

「ましてや、結界がこれまで張られていなかったことが王都に住む上流階級の国民に知られてしまったら俺たち王家の信用も……お前たちエイメス家の信用もガタ落ちだぞ。母親の過去の栄光すら、傷が付くかもな」

そう思うなら、わざわざ国民を不安にさせるようなことを告げなくたっていいのに。実際、今日まで問題なく平和に過ごせていたのだから。それなのに敢えてこんなことを言ってくるのは、私がこれからも王都の森を守り続けなければ、エイメス家にも容赦はしないという強迫か。王家の信用が落ちると言いながら、どうせ「騙された」と被害者ぶるのも目に見えている。

——私とアンジェリカはともかく、お母様は本当に素晴らしい聖女だった。力の衰えさえなければ、今だって現役で活躍していたに決まっている。

　長年の間、お母様が王都を守ってきた恩も忘れてこんな発言ができるなら、私が守っても同じだろう。

　魔物使いという珍しい力を認められても、ただただ国のために利用されるだけ。そんな未来を知りながら……私に王都に留まれというのか。

「どうするアナスタシア。悪い話ではない。僕がまた、君を愛してやると言っている。あんな村は捨てて、僕と優雅な暮らしをしたらいいじゃないか。きっとご両親も喜ぶぞ」

　こんな男に愛されるなんて虫唾が走る。優雅な暮らしにも興味はない。大切なのは、誰と一緒に暮らすか、だ。私は追放されてから、それがいかに大事なことかに気づかされた。だからこそ……その大切なみんなと離れたくない。それと同じくらい……傷ついてほしくもない。

「……私がオスカー様の仰ることを聞けば、終末の村に手だしはなさらないと約束できますか？　バルージアに領地を譲り渡すという話も、白紙にしてくださるのですか？」

【ちょ、ちょっとアナ！　そいつの言うことを聞くつもり!?】

　慌ててクロマルが話の間に割って入る。だが、オスカー様にはクロマルがなにを言っているかわからないため、そのまま会話は続けられた。

「ああ。君が王都に残ってくれるなら、そうしてやる」

　にやりと口角を上げて、オスカー様は言った。思った通りの展開だと言わんばかりの顔を浮かべて。

「私は……」

覚悟を決めて〝王都に残ります〟と言うしかないの？　余裕のなさが、つい数分前と逆転している。さすがにあのバルージア王国の名を出されては、私も強気ではいられない。

「どうした。なにを悩んでいる。……それともなんだ？　あの村で、新たに婚約者でも作っていたのか？」

口ごもる私を見て、オスカー様が馬鹿にするように嘲笑う。それでも私が言い返さないのを見て、ついには声を出して笑い始めた。

「ははっ！　いないよな！　あんな村に、まともな男がいるわけな——」

「お前の言う通り、アナスタシアには婚約者がいる」

「……は？」

むかつく笑い声が大聖堂に響いたかと思うと、ユーインの低い声が一瞬でそれを打ち消した。そしてその発言にぽかんとしたのはオスカー様だけでなく……私もだった。

「……なんだお前。急に喋り出して。アナスタシアを守るために口から出まかせか？」

オスカー様はユーインの言っていることをまるで信じてはいないが、急に口を出されたことに苛立っているようにも見えた。せっかく気持ちよく私を追い詰めていたのに、それを邪魔されたからだろうか。

「それにな、たとえ婚約者がいたとしても、終末の村に追放されるようなやつだぞ。僕との身分の差を考えろよ、この間抜けが」

ユーインは黙ったまま歩き出すと、私の前に立ちはだかり、オスカー様の方を向く。

「ユ、ユーイン？」

なにを言うつもり？

私はユーインのことが心配になった。ここで変なことを言えば、ユーインにまでなにか重い罪を科せられてしまうのではないかと。私は正式に終末の村へ飛ばされた追放者だから、怖いものなしだった。しかし、ユーインはずっと一緒にいたものの、終末の村の住人ではない。ただ任務で訪れていただけだ。

寂しいけれど、ユーインには帰るべき場所がある。だから、ここでオスカー様に下手を打って、ユーインの騎士としての将来まで潰したくはない。

「お前はやけに身分で人を測っているようだが……身分の差を考えるべきはお前じゃないか？オスカー・ウィンベリー」

「なっ……僕を呼び捨てにするなんて、お前は何様のつもりだ！」

ユーインはここへ来てからずっとかぶっていた、ロビンさんのローブのフードを脱いだ。オスカー様の前に、ユーインの素顔が晒される。

「……俺はバルージア王国の聖騎士、騎士団長兼――第一王子、ユーイン・ルークラフト」

「……はっ？」

「これで俺が、何様なのかわかったか？」

一瞬、大聖堂内の時が止まる。

ユーイン以外の誰もが、頭が追い付いていない。膝をついたままのアンジェリカすら、顔を上げてユーインの方を見つめている。

――えぇっと、ユーインがバルージアの聖騎士団団長で、第一王子……？

私は理解が追い付かず、驚きのあまり声も出なかった。ユーインに話しかけようとも、どう声をかけたらいいのかわからないのだ。

「う、嘘をつけ……！　バルージアの騎士団長は魔物狩りのプロで、血の気の多い問題王子と聞いていた！　そんなやつが、終末の村で魔物たちと暮らしていたなどありえない！」

魔物狩り……血の気の多い……それ、初期のユーインそのまんまじゃない。私はあまりそういった噂話に縁がなかったから、まったく知らなかった。

「ああ、俺もありえないと思っていた。そもそも最初は、あの村の魔物を壊滅させる気でいたからな」

そう言うユーインの背中を見つめながら、出会った当初のユーインを思い出す。とても冷たい瞳で、クロマルに剣を振ろうとしていたあの姿を。

「仮にお前が本当に騎士団長であり第一王子だったとして……なぜそんな立場のある人間がわざわざ終末の村へ行くんだ。大体、あそこは我がプルムス王国の領地だぞ。そこを勝手に荒らすなど……」

「それに関しては、さっきお前が言っていたじゃないか。バルージアから魔物の件で抗議が届き、領地を譲る代わりに手を貸すと言われたと。お前は忘れているようだが、お前自身から、終末の村へ赴く許可はもらっていたぞ」

「許可だと？　そんなものに覚えは……あっ」

なにかを思い出したのか、オスカー様から余裕がなくなっていく。私はなにがなんだかわからず、ただ傍観することしかできない。ただひとつわかるのは——ユーインは田舎の下級騎士なんかではなく、とんでもなくすごい人で……今、私たちの立場は好転しているということ。

「まさか、あのときの……」

「思い出したか。俺は第一王子でなく聖騎士団団長として、プルムスに魔物の件について手紙を出した。さっきお前が言っていたものと同じ内容だ。ここ数十年のバルージアは以前と違い、むやみに領地を広げたり意味のない争いを国同士でしたりすることはなくなった。だから、迷惑をかけられようともなるべく平和な解決方法を提示した。だが、なかなか返事が届かない。しびれを切らし、俺は使いの者をプルムスに向かわせたんだ」

いつ頃の話かはわからないが……。国王様が倒れ、第一王子と第二王子の目がなくなってからのオスカー様が、代わりに任された執務をおろそかにしていたことは私も知っている。一度それとなく大丈夫なのかと尋ねたら「大した業務はない」と面倒くさそうに言われたから、それ以降なにも口出しすることはなかった。

「そこで直々に、魔物発生地点への乗り込みと、領地譲渡の許可をもらいにいった。お前はバルージアの使いと聞いて多少は気を引き締めていたようだが、使いの者が下手に出たことで次第に態度が大きくなっていったと聞いたぞ。最終的には女に急かされて〝あんな場所、欲しかったら好きにすればいい〟と言い残してさっさと行ってしまったと」

女に急かされて――私はその場を目撃していないから、多分アンジェリカのことね。あのふたりは前から、私に隠れて密会していたようだし。領地に関わる大事な話より女性との時間をとるオスカー様も、話し合いを急かすアンジェリカも、どちらにも呆れる。

「あれは……！　父上が倒れ忙しい中で突然訪問されて、対応できるのが僕しかいなくて……まだいろいろと、話が整理できなかったんだ。それに、まさかそんな口約束だけで領地を渡すなんて、普通に考えてありえないだろう……！」

「そうなのか？　我々バルージア王国は書面で交わす契約も、言葉で交わす契約も、どちらにも等しく効力があると思って行動している。事実、お前は俺の話を認めているのだから、こちらが勝手に押し付けた契約でないことも、その時点で証明されたも同然」

墓穴を掘ってしまったことに気づき、オスカー様はたじろぐ。

あーあ。ここで「そんな話は知らない」と誤魔化しておけば、突破口がもしかしたら見つかったかもしれないのに。オスカー様ったら、相手を追い詰めるのは得意だけど、追い詰められるとぼろが出ちゃうのね。まぁ、たとえ誤魔化したとしても、ユーインはまた別のやり口で追い込んでいたような気もする。

「俺たちはお前からあの領地を〝好きにしていい〟という許可をもらった。地図に記載されていない場所と聞いたが、国境近くの瘴気の濃さで大体の場所の目星はすぐについた。そしてプルムスの国民から、あそこは罪人が送られる通称〝終末の村〟である情報も得た。しかし、それ以上の情報は出てこない。だから俺は、まずは騎士団長として、ひとりであの村に乗り込むことにしたんだ。どんな場所なのか、魔物がどれくらいいるのか、あらゆる情報を得るために。そしてひとりでも大丈夫だと判断したら、そのまま魔物を一掃するつもりだった」

そういった経緯があって、ユーインがあの場所にいたなんて。私はすっかりユーインが名乗っていた「田舎出身の下級騎士」という肩書を信じていた。

あの状況で、疑う余地もなければ、怪しいところも……でも、今思えば、下級騎士にしては身に着けているものは高級そうで、剣の捌き方も見たことがないくらい速く、美しかった。あんな動きができるのに、下級騎士なんだって……当時ののんきな私はそれくらいにしか思っていなかったが。

「ま、待ってユーイン。それじゃああの家は？　プルムスの騎士団が内密に用意したって言ってたけど……」

ユーインの正体がわかってから、やっとひとつ質問ができた。ほかにも聞きたいことは山ほどあるが、とにかく今は、そのとき気になったことをぶつけるくらいしか頭が回らない。

「あれは俺があの村に赴くにあたって、早急に作らせた仮住まいだ。どうせ領地が手に入るなら、事前に作っておいても問題ないと思ってな」

「か、仮住まい……？」

あれが⁉　だって、立派な一軒家だったわよ！　あんなものをこそこそと建てていたなんてなんて用意周到なの……バルージア聖騎士団、恐るべしだわ。

「……わかった。おま――いや、君がバルージア王国の第一王子で、終末の村を欲しがっていることは重々理解した。言葉通り、あの領地はバルージアに渡そう。あそこを欲しがる者はいないし、我が国でも扱いに困っていたんだ」

困っていたって、いいように活用しまくりだったじゃない。終末の村を手放せば、今度から私みたいに都合の悪くなった人間をどこへ追いやるの？　それこそ、全員国外追放になってしまうのかしら。……それに、わざわざバルージアの近くにあんな場所を作ったのも気になる。戦力のあるバルージアが攻め込んできたときのために、敢えて魔物を溢れ返らせていた……なんて可能性もありえそうだ。

今や終末の村はひとつの村として自立しているし、そこへ送ったところで裁きにならないことは、もうオスカー様にはバレてしまっているもの。だったらいっそ、バルージアに引き渡してしまった方が都合がいいのだろう。そうすればまた終末の村の住人は居場所をなくし、彷徨うことになるから。

「だが、それとアナスタシアが王都に戻ることは関係ないはず。さらに言えば、彼女が村に婚約者がいるというのも……君となんの関係がある？」

そうだった。私、婚約者がいるっていう設定にされていたんだっけ。衝撃的なことの連続で、すっかり頭から抜け落ちていた。

「関係あるに決まっているだろう。なぜなら、アナスタシアの婚約者は俺だからな」

「……え」

「……え」

私とオスカー様の声が、綺麗に重なった。生まれて初めて、オスカー様と息が合った瞬間だった。こんなことは今後一生ないだろう。……いやいや、それよりも。

「えっ、えぇっ⁉　ユーイン⁉」

あたふたとする私の方を振り向いて、ユーインは不満げに眉をひそめる。

「なんだ。嫌なのか？　お前も俺を好いてくれていると思っていたが……」

お前〝も〟って言った？　つまり、ユーインは私を好きだってこと？

「嫌っていうか、そうじゃなくて……！」

「そうじゃないならいいだろ」

そういう意味じゃあない！

たしかに、私はユーインに惹《ひ》かれていた。だけどユーインみたいにかっこよくて、強くて、性格は……少々難ありなところもあったけど！　それでも引く手あまたと見て間違いない人が、私を好きだなんて……あっ、もしかして、この危機をどうにかするために、そういう設定にしてくれているのかしら。

「わ、わかったわ。ユーイン」

私は余計なことを言わず、ユーインに乗っかった方がいいわよね。そう思い、私は背筋をぴんと伸ばして、ユーインに目で訴える。私はちゃんと理解していますと。

「……全然わかっていないような気がするんだが」

「失礼ね。これでもこの半年間ずっと一緒だったんだから、ユーインの頭のよさはわかってるわ！」

「ダメだ。わかってない」

ユーインは落胆したように首を振ったあと、ふぅ、と小さなため息を吐いた。そして、小さく微笑んで口を開く。

「まぁ、これからもっと俺のことをわかってもらえばいいか。……ずっと一緒にいられるんだから」

言いながら、ユーインが私の頭を優しく撫でた。あまりに優しい笑顔に鼓動が高鳴り、ドキドキしているのが自分でもわかる。こんな思いは、オスカー様と一緒にいたときには感じられなかった。

温かくて、優しくて、私を安心させてくれる、そんな胸の鼓動。……ユーインだから感じられるときめきともいえる。

——この婚約話が現実だったらいいのに
頭の片隅で、私はそんなことを思ってしまった。

「バルージアの第一王子がアナスタシアを婚約者にするなんて正気か⁉　国王が許さないだろう！　冤罪といえど……一度は罪人として、王都から追放された令嬢を……！　それに、アナスタシアが王都に戻らないのなら、貴族でもないそれこそただの庶民だ！　そんな相手と婚約できるのか⁉」

オスカー様はユーインの言っていることを信じて驚いている。王族の婚約がいかに面倒かを、身をもって知っているからだろう。それがバルージアもそうなのかは知らないが。大きな国であればあるほど、たいへんそうなイメージはある。

「問題ない。俺は王家の執務にはあまり関わっていないが、聖騎士団としてかなりの好成績を収め続けてきた。その実績故に、父上からは何事も自由に行ってもよいとする許可が下りている。王位にもそこまで興味がないし、俺はやりたいことをやるだけだ。これまでも、これからも」

王位継承権を得るためだけに、国民からの支持を得ようと必死だったオスカー様からすると、騎士団長に上り詰められる実力を持ちながら、王位に興味がないユーインは、とても異質に映ったらしい。ぱくぱくと口を動かしてはいるものの、声も言葉も出てこない。初めて見るものに、衝撃を受けたときのような反応だ。

「さらに言うと、あの口約束を交わした瞬間から、終末の村は我がバルージアの領地になったと認識している。当然、村の住人は全員バルージアがそのまま受け入れた。よって、あの村に手を出す輩は……国の守護者たる聖騎士団が容赦しない。完膚なきまでに叩きのめす」

ギロリと目を光らせて、ユーインは思い切りオスカー様を睨み付けた。その瞳はまるで、終末の村の森で出会った、あの日と同じ。クロマルと、クロマルを庇う私に対して向けられた、冷酷な眼差しだ。

【うっ……なんか、嫌な記憶を思い出しちゃった……】

そんなユーインを見て、トラウマを呼び起こされたのか、クロマルがぶるりと全身を震わせる。

そしてそれと同じようにオスカー様も、今にも獲物を目で殺してしまいそうなユーインの鋭い睨みに、顔を真っ青にしている。

元々肌が白いオスカー様だったが、今は白いを通り越して最早青い。傍から見れば、血が通っているのか心配されそうになるレベルだ。私はしてあげないけれど。

「つまり……アナスタシアは……」

足元をふらつかせ、オスカー様は頼りない声を放った。そんな彼にとどめを刺すように、ユーインははっきりとこう言った。

「俺と一緒に、終末の村へ帰る」

「そんな……じゃあ、王都の森は……」

ここまできたら打つ手なし。あったとしても、すぐに思いつかない。オスカー様はアンジェリカのように膝をつき、力なくだらりと腕と頭を垂らした。

「……残念だったな。お前たちふたりはうまくアナスタシアを陥れたが……そのせいで、この国いちばんの守護神を失ったんだ」

これまで好き勝手したことの報いが一気に降りかかってきて、オスカー様もアンジェリカも、反論する気力さえないようだ。

「たった一日で、幸せだった日々を奪われる気分はどうですか？　私はあの日……同じ絶望を味わいました」

この状態のふたりになにを言っても、もう無駄かもしれない。届かないかもしれない。だけど自己満足でいいから、あの日言えなかったことを、この場で送らせてほしい。

「オスカー様、アンジェリカ――ありがとうございます。私はあなたたちのおかげで自由に生きられるようになって、今はとっても幸せです。そして……さようなら」

あなたたちへの感謝と、餞別《せんべつ》の言葉を。

## 8　エピローグ

その後すぐに、大聖堂へ国王様の従者が訪ねてきた。どうやらやけに王宮内が慌ただしいことに気づいた国王様が、先に森から王宮に戻っていた王家騎士団に事情を聞いたらしい。

私たちはそのまま王宮へ連れ出され、国王様と話すことになった。そして魂を抜かれたように意気消沈したオスカー様とアンジェリカの代わりに、バルージア王国の第一王子としてユーインが国王様に事情を説明する流れに。

オスカー様もアンジェリカも、途中で隙あらば口を挟んで弁明してくるかと思ったが……すっかり諦めたのか、黙って下を向いているだけ。

この状況じゃあ無理もないか。実際にアンジェリカではなく、私が魔物の暴走を止めたところを騎士団も見ているわけだし。バルージアとのいざこざも、実際に執務室を調べると、さっきユーインが送ったと言っていた手紙が出てきた。外国からの訪問記録も調べられたようだ。

終末の村をバルージアに勝手に渡したことについては、国王様は驚きつつもまだ目を瞑れる範囲だったみたい。実際、バルージアからこういった手紙が届いているのを知っていたら、すぐに対応したという。

……でも、そうされていたら、私が終末の村に追放されることはなかったのよね。もし追放されていても、バルージアの騎士が既に入国していたらどうなったことか。プルムスの国民として村を追い出されるか、バルージアが村人ごと受け入れてくれたのか。

どっちにしても、自由気ままな村づくりは絶対にできなかっただろう。そう思うと、オスカー様の怠惰っぷりに感謝しなければならない。

「オスカーは王位継承権の剥奪。聖女アンジェリカは、大聖女の称号を剥奪。……今回の一件を世間にどのように伝えるかは、もう少し考えさせてもらう。いいな？」

「……はい」

消えそうな声でオスカー様は返事をした。アンジェリカは返事すらしない。

その様子を眺めていると、ふとアンジェリカと目が合った。悔しさに満ちたアンジェリカの顔が、私を許さないと訴えかけてくるようだった。だけど、それはお互い様。私だって、あなたのことを許さない。あなたが帰って家族に泣きついて、なにを言おうともどうでもいい。

これはさっき聞いた話だが……私の勘当は、アンジェリカが半ば無理矢理両親にせがんだ結果らしい。なんでも、勘当しなければ聖女の仕事をしないと言ったのだとか。私はそれを聞いて、特に心を動かされることはなかった。なぜなら、結局私を切り捨てた事実は変わらないから。でも、不思議とそこまで両親に対する恨みはなかった。特に、お母様には。……私はきっと心のどこかで、今でも大聖女であるお母様のことが自慢で、誇りなのだと思う。それに、いつもアンジェリカを優先するのはいつものことだ。

なにより、家族に捨てられても、聖女と魔物使いの力は私を見捨てなかった。それが大きな救いで、このことが誰かを恨む気持ちから遠ざけてくれた。私はこれからもこの力で、私の大事な人たちを守っていく。

それに、王都の森には結構な数の騎士と兵士がいたことから、今回の一件を隠蔽するのは難しいように思う。上流階級の人たちは噂話が大好きで、どこぞの貴族が没落したとか、領地経営を失敗したとか、よく話していたものだ。不幸であればあるほど盛り上がっているのだが、私はそれについていけなかった。アンジェリカはそういった噂話も好きだったし、注目を浴びることが大好きだったから、話題の人になれてよかったんじゃないだろうか。最も、まったく嬉しくない注目の浴び方なのは別として。

――オスカー様もアンジェリカも、しっかりと罰を受けて反省してほしい。ふたりが今後どうなるかは……クロマルに頼んで、カラスから情報をもらうとしましょう。

「そして聖女アナスタシア。こたびは本当にすまなかった。……もう、考えは変わらないだろうか」

「はい。変わりません」

考えとは、バルージアの民になることについてだと、勝手ながら解釈させてもらった。悩む素振りも見せず即答すると、国王様は私の返事がわかっていたかのように、斜め下に視線を這わせて「……そうか」と一言呟いた。

「もし、もしもの話だ。今さらこんなことを言ってもどうにもならないかもしれないが、少しでもプルムス王国に対する慈悲があるならば、定期的に王都に来てはくれないだろうか。結界を張りたくなければ、魔物に会って諭してくれるだけでもいい」

「……それってつまり、言い方が違うだけで、やらせようとしていることはオスカー様と同じよね。結局たったひとりの力ある聖女に頼んで解決しようとする姿勢を正さない限り、この国は変わらない気がする。お母様という大聖女を得たことで、みんな平和ボケして、責任感や危機感をなくしてしまったんだわ。

「だそうだが、どうするんだ？　アナスタシア」

眉をひそめて黙りこくる私に、ユーインが問いかける。

「そうね——気が向いたら、とお答えしておきますわ」

神妙な顔から一変、笑って私は言った。曖昧な答えに、国王様もどう反応したらいいかわからないようだ。

「ふっ……さすが自由人だな」

ユーインは私の返答を聞いて「お前らしい」と笑ってくれた。

私は難しい顔をしたままの国王様に、今度は真面目なトーンで語りかける。

「……お母様が大聖女として目覚める前は、何人もの聖女が協力して王都の森を守っていたと聞きました。王家騎士ももっと腕があったと。私はこの国を去りますが、もしまた来ることがあれば……少しでもいい方向へ、国が変わっていることを願っています」

最後に言い残したいことといえば、これくらいだ。

「じゃあ、俺たちは失礼させてもらう。すまないが、馬車を用意してくれないか」

「これから帰るのか？　馬車で帰っても、村に着くのは真夜中になるぞ。今日は王宮に泊まって、明日ゆっくり帰っても……」

「構わない。俺はそれでもいいんだが――彼女はそうもいかないらしい」

ユーインは私を見て、ふっと笑う。一刻も早く村へ帰りたがっている私の心境など、すべてお見通しというように。


私たちは王宮の前で、馬車の到着を待っていた。

「もうすぐ日が暮れるな」

夜の濃い青色が、オレンジの空を覆いかぶさるように染めていく。幻想的で美しい空の色に、しばし目を奪われる。王都で見る空がこんなに綺麗だったなんて、ちょっと前までの私は、下ばかり見ていたから気づかなかった。

「早く戻らないと、みんなに余計な心配をかけちゃうわ」

【はあ～、アナが戻れることになってよかった……安心したら、眠くなってきた】

クッキーの袋はすっからかんになり、安堵もあってか、クロマルは今にも寝てしまいそう。

「こいつ、護衛としてついてきたくせに寝てばかりだな……。まぁ、ブレスレットを持っていたのは幸運だったがな」

「それだけでクロマルを盛大に褒めてあげたいわ。眠かったら寝ていいのよ」

【馬車が来るまで我慢するよ。アナも疲れたでしょ？　一緒に寝よう】

「ふふ。そうしましょうか」

帰りの馬車は行きと違ってオスカー様もアンジェリカもいない。地獄みたいな空気を味わう心配もないし、スペースも広々と使える。

それから数分も経つと、国王様が手配してくれたであろう馬車が到着した。御者に促され馬車に乗り、私たちは無事に帰路につく。

「……ねぇ、このままどこかに拉致されたりしないわよね？」

あまりに事がうまく運びすぎて、急に疑心暗鬼になってしまった。

「ないだろう。そんなことをすれば、魔物と俺、引いてはバルージアを完全に敵に回すことになる。そんな度胸、あいつらにはない」

「そ、そうよね」

「もし拉致されたとしても――俺が必ず、お前を守ってやる。……護衛だからな」

ユーインの自信満々な表情とその言葉だけで、不安な気持ちが消えていった。

「ありがとう。……もうひとりの護衛は、気持ちよさそうに寝てるけどね？」

私の膝の上に上半身を乗せ、気持ちよさそうに寝息を立てるクロマルを見て、くすりと笑いを漏らす。

そのまま馬車に揺られ、私とユーインは向かい合いながらも互いに視線を交わさず、しばらく沈黙が続いた。

――いろんなことを聞くタイミングを逃しちゃったけど、今がチャンスよね。でも、なにから聞けば……。

「……その、アナスタシア」

私が悩んでいると、ユーインが先に沈黙を破った。ふっと視線をユーインに向けると、視線がぶつかる。その瞬間、ユーインはばつが悪そうに視線を下げた。

「悪かった。身分を偽ったりして」

ユーインは膝の上で組んだ両手を見つめて、申し訳なさそうにそう言った。

「……どうして下級騎士だなんて言ったの？」

騙されたことに怒りはない。ただ、純粋に疑問だった。

「お前が〝上流階級の人間は好きじゃない〟って言っただろ。王家なんか特に嫌いだと。だから、隣国の王子だなんて言ったら、絶対に距離を置かれると思ったんだ」

「ああ、たしかにそう言ったわ。覚えてる。でも、私に取り入る必要なんてなかったんじゃない？　ユーインはただ、村の偵察にきていたんだから」

「偵察よりも、俺の目的は魔物駆除だった。それをお前に邪魔されて……その上、魔物使いだなんて言い出して。この女を野放しにしておいたら、俺の計画がいつまで経っても遂行できないと思ったんだ」

「……ん？　ということは……ユーイン、まさか私を監視するために護衛を買って出たの⁉」

思惑を抱えていたことに驚き、思わず身を乗り出した。クロマルが膝の上から落ちかけたため、慌てて座りなおす。ユーインはというと、相変わらず気まずそうに目を逸らして、うっすらと汗をかいていた。……図星なのね。

「なるほどね。私に協力するふりをして、私の動きを見張っていたと」

「いや、でも違う。違うというか、最初はそういった裏事情もあった。でも、本当に気になったんだ。お前の持っている〝魔物使い〟という力がどんなものなのか。それに、アナスタシアはあんなめちゃくちゃだった村を変えるって、馬鹿みたいに真っすぐな目で言っていた」

馬鹿みたいというのは余計な気もするが、あまりにもユーインが必死だから、一旦その気持ちは飲み込もう。

「俺からすると、お前が現れたことで魔物は駆除できなくなったし、逆に魔物を制御できるなら、わざわざ無理に領地を奪う必要もないと思った。だから俺は、しばらく様子を見ることにしたんだ」

『お前がここを人間も魔物も住みやすい村にできたなら、俺は任務を諦めてここを出て行く。

だができなければ、容赦なく片っ端から魔物を殺す』――ユーインは出会ったときに、こう言っていた。これは紛れもなく、ユーインの本心だったのだろう。

「じゃあ、身分や終末の村に来た理由以外は、ありのままのユーインだったってこと？」

そう言うと、ユーインは頷く。

「ああ。俺は人前に出ることはあまりないから、プルムスでも顔が割れていなかった。それに普段聖騎士団にいるときは、常にピリピリしていたし、逆に聖騎士団のやつらが今の俺を見たら、雰囲気の違いにさぞかし驚くんじゃないか」

「ユーインったら、だいぶ落ち着いたものね。最初は常に、私もクロマルもユーインに怯えていたわ」

「嘘をつけ。クロマルは知らないが、お前は最初から俺に立ち向かってきただろう。……女にあんな態度をとられたのは生まれて初めてだ。女なんて、どいつもこいつも甲高い声をあげて、周りをうろちょろするやつばかりだったのに」

腕を組んで、ユーインはむすっとした。さりげなくモテ自慢をされた気がするが、本人がそういうつもりで言ったのではないこともわかっている。

ユーインは近寄りがたいけど、見た目はかっこいいし、なんせ第一王子。バルージアではさぞかしモテモテだったのだろう。終末の村は女性が全然いないから、ユーインがモテているって認識はあまりなかったが、普通に考えると、こんなかっこいい人はなかなかいない。

事実を知ってから、改めてユーインが田舎出身の下級騎士なはずがないとわかったのと同時に、私が世間知らずだったことも思い知らされた。

「でもお前だけは……アナスタシアだけは、新しい世界を俺に見せてくれた。新しい価値観を、俺に示してくれた」

「……ユーイン。それは私もよ。ユーインの考え方を最初は否定したけれど、それは私が、私目線でしか物事を見られていないからだって気づけた。それに、最初村人と揉めたときも、ユーインが助けてくれた」

本来であれば住む場所もなく、途方に暮れているところだった。そんな私に手を差し伸べてくれたのは、理由がどうであれ、ユーインだったのだ。

「今日こうして村へ帰ることができるのも、ユーインとクロマルのおかげ。本当にありがとう」

畏《かしこ》まってお礼を言うのは、少々照れくさい。それでも、感謝の気持ちは伝えたかった。クロマルが起きたら、クロマルにも改めてお礼を言っておかないと。

「礼なんていらない。有言実行しただけだ。言ったろ？　俺が一緒なら、必ずここへ戻ってこられると」

……あ。そうだ。私が王都へ行くことを決めあぐねていた際、ユーインがそう言って、私をあと押ししてくれた。あのときは、ユーインがなにを考えて言ったのかわからなかったが——

自分がバルージアの第一王子という最強の切り札を持っていたからこその言葉だろう。

「あのときはなんの根拠もなかった俺の言葉を、信じてくれてありがとう」

ユーインもまた私と同じく、改めてお礼を言うのに恥ずかしさがあったのか、はにかんだ表情を見せる。その柔らかな照れ笑いが逆に可愛くて、私は初めてユーインに対して母性本能のようなものが湧いた。

「……ううん。こちらこそ」

このままだと、照れながらのお礼の言い合いになってしまいそうだ。私もユーインもしばしもじもじしていたので、馬車内は変な空気に包まれた。だが、不思議と居心地は悪くない。

「それで……アナスタシアはこれからどうするんだ?」

ユーインが話題を変えて、私に問う。……どうするって、なにをだろう? ピンときていない私に気づき、ユーインが会話を先導した。

「プルムスの王都のことだ。今後協力するかしないか、濁していただろう」

「ああ、そのことね。うーん。正直、また魔物たちの怒りに触れない限り、騒ぎが起きることはないと思うわ。王都の森の魔物は、みんないい子だもの。私が離れたからって、好き勝手暴れるようなことはしないと思う。みんなあの森での生活を気に入ってるようだしね」

でも、それを教えてあげたところで、オスカー様も国王様も信じなかったと思う。だから、絶対的な安心——長時間続く結界を張れて、魔物を従わせられる私を欲しがっていた。

「だけど、たまには会いに行ってあげようかしら。今日のみんなを見てると、相当寂しかったみたいだから」

「だろうな。あんな怖い竜の魔物すら、こいつみたいに甘えてた」

ユーインはクロマルを指差して苦笑する。

王都で居場所を見つけられず、自分を出せなかった日々の中で、森の魔物たちとの交流だけが私の癒しの時間だった。正直私としても、会える機会があるなら会いたいとは思っている。

「……いいんじゃないか？　お前が来たら、国王もあの元婚約者も、泣いて喜ぶだろ」

「かもね。でも、彼らのいうことを聞く気はさっぱりないけど！」

ベーっと舌を出して、ここにはいないふたりを挑発する私を見て、ユーインは小さく笑った。

そのうち、私もユーインも気持ちよさそうに眠るクロマルに影響されてか、いつの間にか眠りについていた。


「到着です」

御者の声に起こされて、私たちは村の手前で馬車を降ろされた。

すっかり空は暗くなっており、夜風は少し冷たい。

「無事帰ってこられたわね」

眠っている間に悪さをされることもなく、私たちは終末の村へ帰ってきた。

「今って何時頃かしら……みんな起きてるかな？」

王都を発ったのは十九時前だったから――ちょうど日付が変わるくらいだろうか。

「さあな。戻ればわかるんじゃないか？」

「それもそうね。行きましょう。クロマル、目は覚めた？」

【うん……おかげさまでいっぱい寝たよ……】

まだ完全に覚醒しきっていないように見えるが、ちゃんと歩けているので大丈夫だろう。

とりあえず、私は最初ここへ来たときのように目の前に広がる森を抜けて、みんなが住む家のある村まで行くことにした。この道のりでクロマルを見つけて、ユーインにも出会った。その場所を今度は三人仲良く並んで帰ってくるなんて、縁とは不思議なものだ。少しでも時間や日にちがズレていたら、絶対にあんな出会い方はしなかった。そう考えると、人との出会いはすべて意味があるのだと思わされる。

【……ねえアナ、そういえば、結局どうなったの？】

もうすぐ森を抜ける段階で、クロマルが首を傾げて私を見上げる。

「なんのこと？」

【ユーインのことだよ。アナ、ユーインと結婚しちゃうの？】

「えっ⁉　私とユーインが結婚⁉」

唐突な質問に驚いて、私はクロマルの質問に大きな声でオウム返しをしてしまった。ユーインも驚いた顔をして足を止めたが、それは内容に対してではなく、私の声量にだと思う。

【だって、アナはユーインの婚約者なんでしょ？】

「あ……そっか。そんな話をしてたわね」

私とクロマルが会話をしているのを、ユーインは黙って聞いている。私がなんて返事をしているかで、大体の内容を察しているみたいだ。

「ユーイン、無事にここまで帰ってこられたから、もう婚約者の話は終わりでいいわよね？　あのときは本当に助かったわ。ありがとう」

私とクロマルが話しているのを、ユーインは黙って聞いている。私がなんて返事をしているかで、大体の内容を察しているみたいだ。

「ユーイン、無事にここまで帰ってこられたから、もう婚約者の話は終わりでいいわよね？　あのときは本当に助かったわ。ありがとう」

ユーインが婚約者だと名乗り出ることで、オスカー様に大きな圧力をかけられたし、私が王都にいられない理由にもなった。たった数時間の〝ふり〟だったとしても、私を婚約者だと言ってくれたこと……嬉しかったな。

「……はぁ。やっぱり、お前はなにもわかってなかった」

「？　わかってるわ。私がオスカー様に追い詰められていたから、その危機を脱するために、ユーインが機転を利かせてああ言っただけでしょう？」

本気にしてなどいないのに、どうしてそんな不満げにため息を吐かれるのかがわからない。

首を捻っていると、ユーインが私の真正面に移動する。

「……？」

真っ暗だけど距離が近いせいか、さっきよりはユーインの顔がよく見える。私がユーインの瞳を見つめると、急にユーインの顔が近づいてきた。

「――え」

それからは、一瞬のこと。ユーインに強引に引き寄せられたかと思うと、次は唇に、温かくて柔らかな感触があった。キスされているということに気づくまで、私の思考はしばし停止する。そして気づいた頃には、既にユーインの唇は私から離れたあとだった。

あまりの衝撃に、私は何度もぱちぱちと瞬きをする。……今のはいったい？　というか、現実？

夢なんじゃないかと思っている私の頬に、ユーインの大きな手のひらが触れる。唇と違い、少しだけ冷たい手。しかし、その手に触れられても熱は冷めることなく、逆に触れられた箇所が熱くなる一方だ。

「……これでわかったか？　俺は本気だ」

妙に色っぽい吐息交じりの口調で、ユーインが私に言う。

本気って――その言葉通り、本気で私を婚約者にしようとしているってこと？

「な、なんで、ユーインなら、もっといい女性が……」

「アナスタシアがいい。アナスタシアが好きだ」

真っすぐ、真剣な眼差しで告白をされ、私の体温が一気に上昇する。静かな夜の森の中で、心臓の音が周りに聞こえるんじゃないかと思うくらいうるさい。

「お前は俺をどう思っている？　聞かせてくれ」

「わ、私はっ……」

告白もキスも、全然嫌じゃなかった。むしろ……嬉しい気持ちの方が強い。私なんかがと思いながらも、ユーインと一緒にいたいと、強く願っている自分がいる。

私も、ユーインのことが――。一大決心をして、そう口にしようとしたそのときだった。

「アナスタシア様ーーっ！」

ガサッと森の葉をかき分けて、大きな声と共にジェシカが現れた。後ろには、ロビンさん、ギーさんの姿もある。

突進してきたジェシカに抱き着かれ、私は小さく呻き声をあげた。潤んだ目でジェシカは私を見上げると、満面の笑みを浮かべた。

「よかった……！　アナスタシア様が戻って来て……！」

私の胸に顔を埋《うず》めるジェシカの頭を優しく撫でる。

「アナスタシアちゃん！　ジェシカちゃんの番が終わったら、次は僕に同じことをしてもらっても!?」

「こんな場面でふざけるな。気にしないでいいぞ。アナスタシア」

今にも私に飛びかかってきそうなロビンさんの首根っこを掴んで、ギーさんが制止する。……ああ、いつもの日常だ。

「お前たち、なぜここにいる。ずっと起きてたのか？」

怪訝《けげん》そうな顔をして、ユーインが三人に聞く。たしかに、なぜ私たちがいるところがこんなドンピシャでわかったのか。

「村で火を焚いて待っていたら、クロマルが駆け付けてきたんだよ。……ていうかユーイン、なんでそんな怖い顔してるの？」

いつもこういうときはジェシカが率先して答えてくれるのだが、未だ私の胸でぐすぐすと泣いているジェシカの代わりに、ロビンさんが答えた。どうやら、私とユーインがいい雰囲気になっているタイミングで、クロマルがこっそり先に森を抜け、三人を呼びに行ったようだ。

「……お前、わざと俺の邪魔をしただろ」

ユーインは、いつの間にか戻って来ていたクロマルを睨み付けた。クロマルはわざとらしくユーインから顔を逸らし、知らんふりをしている。

【だって、キスまでするとは思ってなかったからね】

「えっ？　じゃあユーインの言う通り、わざとだったの？」

私が聞き返すと、ユーインの睨みがさらにギロリと鋭くなる。

「おい。今なんて言った。俺にもわかるよう言え。じゃないとここで……」

「ちょっとユーイン！　落ち着いて！」

【ひえぇ！　助けて、アナ！】

剣の柄に手をかけるユーインを、私は必死で止める。あれ、この状況、なんかデジャヴのような気が……。

「それにしても、無事でよかった。王都であいつらになにもされなかったか？」

この場でいちばん落ち着いて周りを見ているギーさんが、私の近くまで寄って言う。

「はい。大丈夫でした。……そうだ！　ジェシカ、顔を上げて！　私、ジェシカのおかげでピンチを逃れたの」

「……ふぇ？　私ですか？」

やっと顔を上げたジェシカは、ずっと鼻水をすすった。

「クロマルに私のブレスレットを預けてくれたでしょう？　あれが証拠品になったの。ジェシカは餞別のつもりでクロマルに預けたのかもしれないけど……むしろあのブレスレットのおかげで、私はまたジェシカに会えたのよ」

そう言って、ジェシカの涙を人差し指で拭う。するとジェシカは、きょとんとした顔を浮かべた。

「餞別……？　ち、違うんです。実はあれをクロマルくんに持たせたのには、別の意味があって」

「……別の意味？」

見当がつかなくて、今度は私がきょとんとする。

「実は、あのブレスレットに呪いがかかってることに、私、気づいていたんです」

「えっ⁉　そうなの⁉」

どうやって？　と思っていると、ロビンさんが自慢げに前に出てきて、えっへんと胸を張った。

「僕が気づいたんだ！　呪術がかかっている石は、魔法使いなら簡単に見抜けるからね！　あ、あくまでも、僕レベルじゃないと無理だけどね！」

「お前のレベルの話はどうでもいいから、さっさと経緯を話せ」

もうちょっとロビンさんを悦に入らせてあげてもいいのに、機嫌が悪いユーインがばっさりと斬り捨てる。ロビンさんはブーブー言いながらも、ギーさんにまで同じことを言われ、渋々話し始めた。

「ある日、ジェシカちゃんに相談されたんだよ。このブレスレット、クロマルから預かったアナスタシアちゃんのものなんだけど、どうしたらいいかなって。それで――」

話の内容はこうだった。

ジェシカに相談されたロビンさんは、ブレスレットの石に呪術がかけられていることに気づいた。だがどんな呪いかわからないため、実際自分が身に着けてみた。すると、魔力がまったく湧かなくなり、魔法がほとんど使えなくなってしまったと。

「それでとある結論に行きついたんだ。このブレスレットにかけられた呪いは〝使用者の魔力を抑えること〟……〝使用者の能力を著しく低下させる〟っていってもいいものだって」

そしてふたりは、私がなんらかの事情でこのブレスレットを着用させられて、力を制限させられていたのではないか、と思ったらしい。

「そこまでわかってたのに、どうしてクロマルに持たせたの？　一応私のものだから、返しておかないとって思ったんじゃあないの？」

そう思ったから、餞別として念のため渡しておいた……ってことかと思ったのだけど。

「それは……あの、アナスタシア様、先に言っておきますけど、私に幻滅しませんか？」

「え？　ええ。もちろん」

「……王都に戻った際、アナスタシア様が実はものすごい聖女だってことを知られたら、絶対に王家の人たちは村に帰してくれないと思って……だから、そうならないためにこのブレスレットを渡したんです。だってそうすれば、力があってもないふりができるじゃないですか！　アナスタシア様なら、きっと私の思惑に気づいてくれると思って！」

つまり――私をなんとしてでも村へ帰すために、ブレスレットを渡したと？

「そ、そういうことね……」

ジェシカがそんな悪知恵を働かせているとは思わなかった。幻滅などしないが、少し……意外だ。

「ほらな。言っただろ。この女は腹黒いって」

ユーインが満足げに、私を見て鼻で笑う。……さっきまであんなに熱の込もった眼差しを向けてくれたくせに。やっぱりあれは、森で見た幻想だったのだろうか。

「まぁとにかくよかったよ！　村の創造主ともいえるアナスタシアちゃんがいなくなるなんて、僕には考えられなかったからね！　あ、こうやってスカしてるけど、ギーもずっと落ち着きなかったんだよ。同じ場所うろうろしてさ」

「うるせぇな。つーか、いつまでこんな肌寒い森にいるんだ？　まだ帰らないなら俺の家に集まろうぜ。母さんもアナスタシアたちが心配でまだ起きてるし、顔を見せてやってくれよ」

ギーさんの提案で、私たちはギーさんの家にお邪魔させてもらうことになった。森を抜けると、見慣れた景色が飛び込んでくる。

「アナスタシア」

そのままみんなのところへ駆け寄ろうとする私の腕を、ユーインが掴む。クロマルは既にジェシカの隣を歩いており、私がユーインに捕まったことには気づいているが、今度は敢えて知らんふりをしている。……さっきユーインに襲われそうになったから、今回は邪魔しないっていう、クロマルなりの贖罪《しょくざい》なのか。

そういえば、ユーインの正体と、ここがバルージア王国の領地になった話を改めてみんなにしないと。今日はもう遅いから、明日ゆっくり説明しよう。

「さっきの返事なんだが」

まだ話は終わっていないと、ユーインの瞳が訴えかける。はやる気持ちを抑えられないのか、ユーインは私に返事を急かしてきたのだ。

「……その前にひとつ聞かせて。ユーインこそ、これからどうするつもりなの？」

さっきは勢いと雰囲気にのまれて返事をしそうになったが、大事なことを聞き忘れていた。

「どうするって？」

「だって、ユーインは一国の王子じゃない。……ここは別に、帰る場所がある。離れ離れにはなりたくないけど……いつか、私の前からいなくなってしまわないかって、不安なの。私は第一王子の妃が務まる器でもないし……今のところ、ここを離れるつもりもない」

大好きなみんなと、魔物たちが一緒に暮らせる最高の場所。そこから移住してバルージアの王宮で暮らすなんて、私には想像もつかない。

「……なんだ。そんなことか」

私の発言にもっと頭を悩ませるかと思ったが、ユーインは拍子抜けしたように安堵の顔を浮かべた。

「言っただろう。俺は村の魔物を全部倒すまで帰ってくるなと言われてるんだ。……意味、わかるよな？」

「……っ！」

村の魔物を全部倒せという任務なんて、最初からなかったくせに。そして、村の魔物を全部倒す日など、今後一生来ないこともわかってるくせに。

「ずっと一緒にいる」ってことをユーインなりに私に伝えてくれているのだとすぐに気づいて、私はまた顔を熱くさせた。

「……帰らないで怒られないの？　騎士団長なんでしょう？」

「アナスタシアがいるなら、もう魔物と戦う必要なくなるだろ。俺たちの役目はなくなる」

「そんな都合のいいこと言って……」

「いいじゃないか。それに俺たちの未来の話なら、このあとゆっくりしよう。時間はまだたくさんある。その中で、俺はお前をいちばん幸せにできる未来を選ぶと誓う」

手を握り合い、ユーインは微笑んだ。つられるように私も笑い、ゆっくりと頷く。

「あぁっ！　そういえば、大事なことを言い忘れてました！」

すると、先を歩いていたジェシカが振り返り、ロビンさんとギーさんに目配せをする。私とユーインが黙ってその光景を眺めていると、三人は仲良く横並びになって、「せーの」と息を合わせて口を開いた。

「おかえりなさい！」

声を揃えて発せられたその言葉に、私は目を丸くする。

日常生活で使われる、当たり前の挨拶。しかし思い返せば……私には、あまり聞きなじみのないものだった。

前世ではずっとお母さんと妹を家で待つばかりで、私が帰っても誰もいない。

エイメス家はみんなアンジェリカで夢中で、私が帰って来ても、使用人以外は特に気にも留めなかった。

私は生まれて初めて――心から、この言葉を言ってもらえた気がする。

「……ただいま！　みんな！」

もうこの村には、最初に来たときのような不気味さも、淀んだ空気もまるでない。キラキラ輝く星空の下で、私は思う。帰りたい場所があるって、とても幸せなことなのだと。

End

# 特別番外編　青空だけが知る、ふたりの秘めごと

無事終末の村へ帰って来て、一か月が経過した。

あれから、私たち元追放者……もとい、終末の村の住人の暮らしは、変わったようで、ほとんど変わっていない。

ユーインがバルージアの第一王子で聖騎士団団長だったことと、この領地がバルージアに引き渡されたって話をしたときは、さすがにみんな目を丸くしていたが……。

だからといって、なにかが大きく変わるわけでもなかった。それはここにいる誰もが、今までの暮らしを望んでいるからだと思う。

聖騎士団が交渉した領地だから、ここの扱いは基本的にユーインに一任されているようだし……あ、強いて言えば、バルージアの領地になったことで、私たちから罪人って肩書が消えたのは大きかったかも。

プルムスで理不尽に貼られたレッテルは、私たちがバルージアの国民になったと同時に剥がされたというわけだ。

「あぁ〜今日も空が綺麗だなぁ……」

特になにもない、のんびりした昼間の時間。

私は未だに住まわせてもらっているユーインの家近くにある芝生に座り込んで、ぼんやりと空を流れる雲を眺めていた。

「なにしてるんだ？」

「ユーイン！　今日の仕事は終わったの？」

「ああ。平和すぎて、特に報告することなんかないしな」

「ふふ。言えてる。……隣、来る？」

私が言うと、ユーインは少し照れくさそうな顔をして、なにも言わずに、ゆっくりと私の隣に腰かけた。

ユーインは定期的に、この村の報告書を王宮へ送っているらしい。騎士団としてのほかの仕事は大丈夫なのかと聞くと、魔物による被害もなくなったということで、ユーインは特別に長期休暇をもらえたのだとか。だから、報告書を書く以外にやることがないのだと。

「なんだか、こうやってのんびりするのは珍しいな。ここへ来てからいつも騒がしくしてただろ？」

「言われてみれば……。村づくりして、ポーション作って、王都に呼び出されてって、休む暇がなかったわね。でも最近は、こうして穏やかな日々が続いていて嬉しいわ」

「だな。俺も何年も騎士団として動き回っていたが、なにもなくゆっくり休む日が続くのは久しぶりだ」

「休暇はどう？　退屈？」

ふぅっと一息ついて、片膝を立てて座るユーインの顔を覗き込んで笑う。

「……いいや？　お前が一緒なら、俺は一生退屈しない」

すると、ユーインがにやりと笑みを返してきた。ドキッと大きく心臓が脈打って、私はぱっと顔を逸らす。隣からは、ユーインのくつくつと笑う声が聞こえた。

――私とユーインの関係は、一言でいうと〝曖昧〟だ。

結局私は、ユーインにまだ気持ちを伝えていない。

正式に婚約を結んだわけでもなければ……王都から戻って以降、この一か月、ユーインとあいった雰囲気になったこともない。

といっても、いつも家にはクロマルもいるし、村に行けばみんながいて……あれ？　私、ユーインとふたりきりになるのって、すごく久しぶりじゃない？　そう思うと妙に意識してしまい、急に緊張してしまう。

「そういえば、クロマルはどこ行ったんだ？」

「え？　ああ、クロマルなら、今日はジェシカとロラさんのところに行ってるわ。お菓子作りに使う木の実を探すのに、クロマルの力を借りたいって」

「へぇ……じゃあ、しばらくは戻ってこないと」

「そうね。多分、作ったお菓子を食べるまでは」

その頃にはもう、空はこんな青くないだろうなぁと思い、私が再度空を見上げようとした――ら。

視界に広がるのは空の青でも雲の白でもなく、さらさらと風になびく銀髪。

それが隣から出なく真正面……いや、真上から見えるということは。

「ユ、ユーイン？　この状況はいったい……」

ほんの一瞬の隙をついて、私はユーインに押し倒されていた。戸惑う私とは正反対に、ユーインは相変わらず、意地悪な笑みを浮かべている。

「やっとふたりきりになれたな。アナスタシア」

「それは……そうだけど」

「ずっとこのときを待ってた。これでも我慢してたんだ」

「我慢って……」

ふたりきりになってものの数分で押し倒すなんて、全然我慢できていないように思うのだけど……。

ユーインが、私とふたりきりになりたかったけど我慢したという意味で言ったのはわかっているが、それならもう少し、我慢してくれてもよかったんじゃあ……。

「一か月前に聞きそびれたことを、ここで聞かせてくれないか」

「……っ！」

耳元で囁かれ、顔が沸騰しそうなほど熱くなる。

「俺のことを、どう思ってる？」

こんな真昼間から、しかも外で、私たちはなにをしているのか。

こんなところを誰かに見られたら、村中に噂が広がるだろう。でも、ユーインはそんなこと少しも気に留めていない様子で、その青い瞳は、私だけしか見ていない。

曖昧にしていたユーインとの関係が、一歩でも進むなら……。私は意を決して、ユーインの身体をぐいっと引き寄せて白い頬にキスをした。

ユーインは目を見開いて、驚いた顔で私を見つめる。

いつもしてやられてばかりなのは性に合わないため、これが私なりの、精一杯の反撃だった。

「これでわかった？　私もユーインが――」

「好きだ！　アナスタシア！」

「ぐえっ！」

こんなにいいムードの中、なんとも色気のない声が響く。

せっかく告白しようと思ったのに、キスの喜びでテンションの上がったユーインに、身体がどうにかなりそうなくらい抱きしめられてしまった。

「ちょっ……待って、ユーイン……！」

それだけならまだしも、そこからユーインからお返しのキスの嵐……。

ああ、いつになったら『好き』って伝えられるんだろう。このキスが終わったら言えるかな。

とりあえず、こんな私たちの姿を見ているのがこの青空だけであることを、私はひそやかに願った。

## あとがき

瑞希ちこです。このたびは本作をお読みいただき、ありがとうございます！

お久しぶりのベリーズファンタジー！　物語を考える段階から改稿まで、楽しく作品作りをすることができました。

聖女追放の作品は、今やひとつのジャンルとして確立できるくらい人気のもので、今回はそれプラスなにか別の要素を……ということで、聖女兼魔物使いのアナスタシアが生まれました。

聖女ヒロインの作品はほかにもいくつか書いたことがあるのですが、魔物使いという要素を入れたことで、アナスタシアは結構なチートヒロインになりましたね。

サブキャラたちを書くのも本当に楽しくて、特に村の住人、ギー、ロビン。ジェシカのトリオがお気に入りです。ギーとロビンはプロットの段階では存在していないキャラだったのですが、執筆中に生まれました。そしてなぜか結構濃いめのキャラとして、本作に良い味付けをしてくれたと思っています。終末の村は住人も少ない上に女性も少ない……それなのにイケメンが多い、逆ハーレムな場所ですね（笑）。素直になって好き放題するアナスタシアは魅力が倍増しているので、きっとモテモテだと思います。ユーインはそんなアナスタシアを奪われないよう独占欲もマシマシになって、毎日悪い虫がつかないよう必死に護衛をしていることでしょう。

そして本作のイラストを担当してくださった羽公先生。素晴らしいカバーイラストに挿絵、本当にありがとうございました。表紙のラフをいただいたときから、既に感動しておりました。やはり自身の物語にイラストがつくのは、何度経験しようとその作品ごとに毎回感動がありますね。

担当編集様、校正様もたいへんお世話になりました……！

自分の表現の癖に気づけたり、こういった発想で読みやすくなるんだと、いつも勉強させられることばかりです。私は改稿作業が大好きなのですが、毎回こうやって楽しく物語を創っていけるのは、編集様たちのおかげだと思っております。楽しい村づくりならぬ作品づくりを一緒にできて、とても嬉しかったです。ぜひ今後とも、よろしくお願いいたします。

読者様。

ここまで読んでいただき、ありがとうございました。皆様のおかげで、私はこうやって新たな物語を書くことができています。

魔物を従えるヒロイン、アナスタシアの物語の中で、どこかワンシーンだけでも、皆様の心を動かす場面やセリフがあれば嬉しいです。

それでは、またお会いしましょう！

瑞希《みずき》ちこ

我慢ばかりの「お姉様」をやめさせていただきます！
～婚約破棄されましたが国を守っていたのは私です。お陰様で追放先で村づくりを謳歌しているのでお構いなく～

2023年5月5日　初版第1刷発行

著　者　瑞希ちこ

発行人　菊地修一

発行所　スターツ出版株式会社

〒104-0031　東京都中央区京橋1-3-1　八重洲口大栄ビル7F
☎出版マーケティンググループ　03-6202-0386
（ご注文等に関するお問い合わせ）

https://starts-pub.jp/

印刷所　大日本印刷株式会社

ISBN　978-4-8137-9233-8　C0093　Printed in Japan



[瑞希ちこ先生へのファンレター宛先]
〒104-0031　東京都中央区京橋1-3-1　八重洲口大栄ビル7F
スターツ出版（株）　書籍編集部気付　瑞希ちこ先生